AF381191

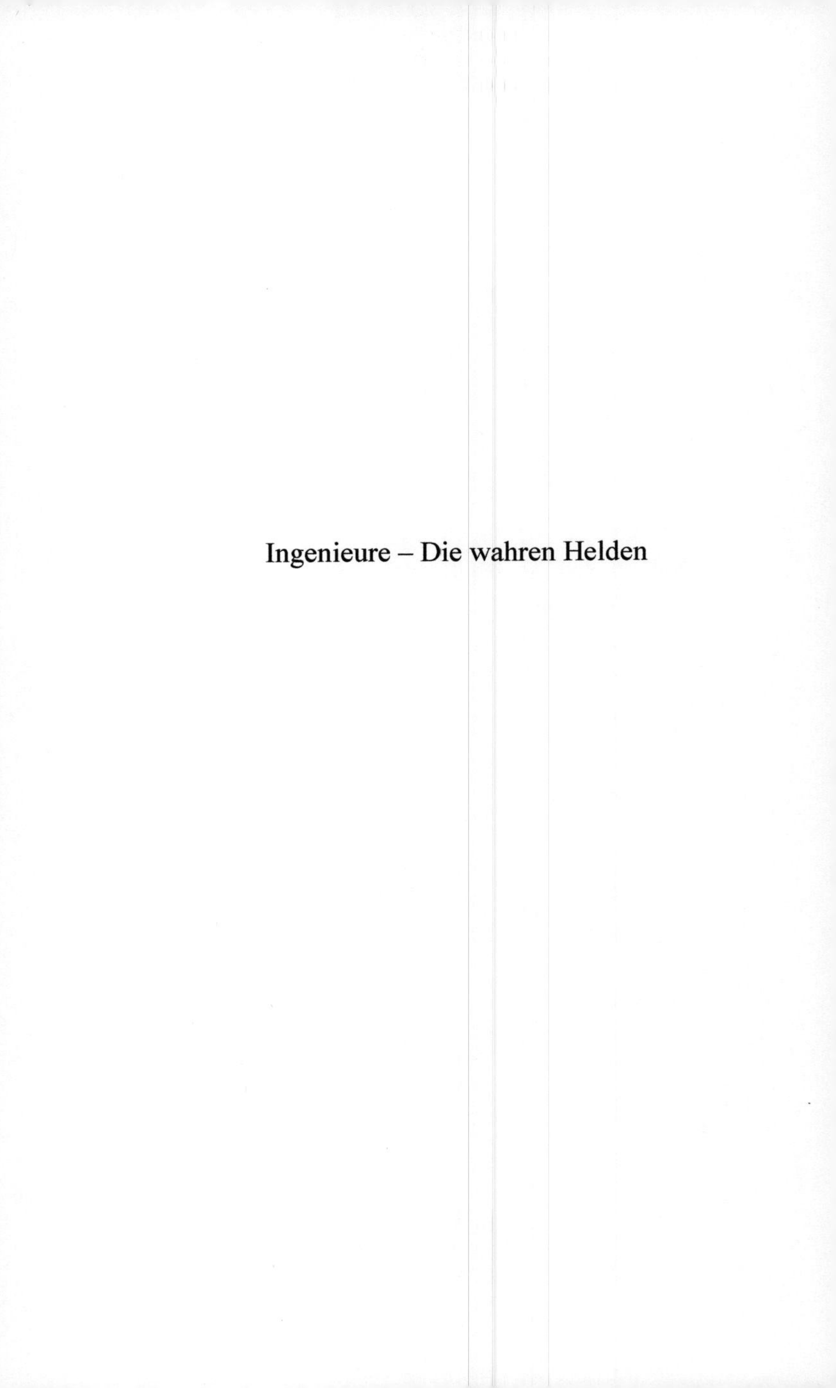

Ingenieure – Die wahren Helden

A. Tupolewa
Bastian J. Kurz

Die weiße Hölle

Science Fiction Dystopia

Bibliografische Information der Deutschen Nationalbibliothek:
Die Deutsche Nationalbibliothek verzeichnet diese
Publikation in der Deutschen Nationalbibliografie, detail-
lierte bibliografische Daten sind im Internet über
dnb.dnb.de abrufbar.

TWENTYSIX
Eine Marke der Books on Demand GmbH

Herstellung und Verlag:
BoD – Books on Demand, Norderstedt

ISBN: 9783740786922

Albena Varuna, einst Steuerfrau und jetzt stellvertretende Kapitänin der Firestar, hatte den Befehl erhalten, die Heathrow anzugreifen. Doch dazu kam es nicht mehr. Raketenähnliche Gebilde fielen vom Himmel und verwandelten den Kreuzer innerhalb von Sekunden in ein Flammenmeer.

„Verdammt, was geht da vor sich? Alle Maschinen stopp!", schrie sie. Jos Denga, einstiger Maschinist und neuer Steuermann des Schiffes, befolgte die Order sofort.

„Jetzt volle Kraft zurück!" Albena war sich sicher, dass es gleich einen weiteren Angriff geben würde, daher mussten sie so schnell wie möglich das Gebiet verlassen. Außerdem war es an der Zeit, ihre Vorgesetzten zu alarmieren.

Skyla und Komodo sahen noch, wie auf dem Kontrollmonitor riesige, hell strahlende Stäbe wie aus dem Nichts erschienen, ehe die Überwachungsdrohne abermals versagte.

„Schalte auf die zweite Kamera um", ordnete die Tupolew an und sogleich baute sich ein neues Bild im Holo-Display auf. Jetzt war der brennende Kreuzer zu sehen oder was davon noch übrig war.

„War das Albena?", wollte Skyla wissen, denn irgendwie konnte sie sich das nicht vorstellen. Waffen, die wie Feuerstäbe vom Himmel fielen, besaß die Firestar nicht.

„Könnte sein", murmelte Komodo. „Ich glaube es

nicht.“

Wie zur Bestätigung, erfolgte sogleich Albenas Meldung.

„Angriff aus der Luft auf das Ziel!“, rief sie außer Atem. „Unbekannte Herkunft. Wir ziehen uns aus dem Gebiet zurück.“

Skyla überlegte laut: „Haben die Europäer ihren eigenen Kahn versenkt oder mischt sich da etwa noch jemand ein?“

Komodo schnipste mit den Fingern. „Natürlich, das ist es. Es können nur die Amerikaner sein, die liegen doch mit den Europäern um den Eisabbau im Clinch.“

„Und was war das für eine Waffe?“

„Vermutlich Raketen aus dem All. Die Amis haben soetwas. Mir wird nur angst und bange, wenn ich daran denke, dass wir das nächste Opfer sein könnten.“

„Unwahrscheinlich“, erwiderte Skyla. „Die Mirny-Basis verfügt über einen Störungstarngenerator. Satelliten können uns nicht ausmachen, die sehen nur eine Eisfläche.“

„Gut zu wissen“, brummte Komodo. „Was machen wir jetzt?“

Die Tupolew lachte.

„Ich gehe mir den brennenden Schrotteimer aus der Nähe anschauen. Ich werde feiern und zusehen, wie diejenigen, die uns fast in Schwierigkeiten brachten, Fischfutter werden.“

„Und um in Sicherheit zu sein“, fügte sie leise

hinzu, „falls die Amerikaner doch irgendwie einen Treffer landen sollten". Obwohl sie diese Möglichkeit als sehr gering einschätzte.
Komodo sah der Maschine kopfschüttelnd hinterher, wie sie zur Startbahn rollte.

„Ich hoffe, du nimmst dir nicht zu viel vor, Skyla."

Er wusste von ihrem abgrundtiefen Hass gegen die Europäer, der sogar noch um einiges stärker war, als die Abneigung gegen die Amerikaner, was wohl nicht nur an ihren erlittenen Erlebnissen lag. Die Amis wechselten ihre Strategie je nach Präsidenten. Einmal Klimaschutzmaßnahmen ja, der nächste kickte die Gesetze wieder, der Übernächste führte sie erneut ein und immer so weiter. Die Europäer hingegen ...
Er setzte den Gedanken nicht weiter fort, erinnerte es ihn doch auch an seine eigene Kindheit.
„Holo-Display aktivieren", befahl er, denn er wollte es der Tupolew gleichtun und über die Feinde ablästern, aber aus sicherer Entfernung.

„Nette Grillparty", rief Skyla, als sie in etwa zweihundert Metern Höhe die brennenden Reste der Heathrow überflog. Sie ahnte jedoch nicht, dass sie dieses Mal beobachtet wurde. Matrose Kevin Kahl, der gerade dabei war, ein Rettungsboot zu fieren, sah zu dem Flugzeug auf und schüttelte drohend die Faust.

„Na warte, wir kriegen euch noch!"

Er kam zu der Annahme, dass der Angriff von den Eispiraten ausging. Wahrscheinlich wurde er sogar von der Maschine ausgeführt, die eben wieder in den Wolken verschwand.
Dann winkte er Kira zu, die als Erste in das Boot springen sollte, gefolgt von Hagelstolz und dem Rest.

Die Wissenschaftlerin folgte dem Zeichen des Matrosen und sprang in das Rettungsboot. Eine verschwindend kleine Gruppe an Überlebenden folgte ihr. Das Boot, das für fünfzig Personen ausgelegt war, wirkte erschreckend leer. Die fünfzehn Männer und Frauen verloren sich regelrecht darin. Kira suchte sich einen Sitzplatz und sank darauf nieder. Ihre Knie zitterten noch immer.

Verzweifelt hatte sie versucht, das Schott zu öffnen. Es war von der Hitze verzogen, doch sie hatte es dann schließlich mit der Kraft der Verzweiflung und der Hilfe einer Rettungsaxt tatsächlich einen Spalt weit aufbekommen. Sie hatte sich durch die Lücke gequetscht und die Schürfwunden an ihrem Körper zeigten deutlich, dass es wirklich eng gewesen war. Dann war sie wieder einmal durch das Trümmerfeld eines sinkenden, zerstörten Schiffes gewankt, bis sie schließlich an Deck ankam. Die Heathrow lief binnen Minuten voll und sank, die Evakuierung auf das Rettungsboot erfolgte in letzter Sekunde.
Neben ihr ließ sich jemand nieder. Kira blickte

auf und sah Hagelstolz und Siebeck, die in ihren Tarnanzügen voller Blut und Dreck neben ihr saßen. Beide hielten Waffen in ihren behandschuhten Händen und die Gesichtsschilder waren momentan noch nach oben geschoben.

Kiras Miene hellte sich auf.

„Ihr habt überlebt. Das ist aber schön", freute sie sich und fiel Hagelstolz um den Hals.

„Ähm, ja. Ob das so schön ist, werden wir noch herausfinden", brachte dieser hervor, während er ungelenk Kiras Rücken tätschelte.

„Ja", mischte sich Siebeck in das Gespräch ein, „von Eisbären gefressen werden oder zu verhungern und zu erfrieren ist bestimmt schlimmer, als ein schneller Tod in den Flammen der Hölle."

„Was ist überhaupt geschehen?", erkundigte sich Kira und wischte sich eine Träne aus dem Auge.

„Ich weiß es nicht", antwortete Hagelstolz und legte eine nachdenkliche Miene auf. „Es muss etwas mit enormer Feuerkraft gewesen sein, um dermaßen große Verwüstung anrichten zu können. Ich glaube, nicht einmal einige der schwersten Torpedos, die weltweit gebaut werden, hätte eine so umfassende Vernichtung hervorrufen können."

„Herr Hauptmann, vergessen wir nicht den Gefechts- und Einschlagsalarm", warf Siebeck ein.

„Es muss sich um einen Angriff aus der Luft gehandelt haben. Also eher Raketenbeschuss."

„Das würde bedeuten, dass Feinde nahe genug für

einen Raketenschlag sind", zog Hagelstolz seine
Schlüsse. „Mit einer oder zwei Raketen wäre das
allerdings nicht möglich gewesen. Das bedeutet,
dass wir vermutlich starke feindliche Kräfte in
der Nähe haben. Vermutlich ein Schlachtschiff
mit angeschlossenen schweren Kreuzern und Zer-
störern. Vielleicht auch eins der alten Atom-U-
Boote. Die haben Raketenkapazitäten."
„Das bedeutet …", Siebeck hielt inne, dann
sprang er auf und rannte zum Bootsführer, einem
Matrosen. „Mann, beeile Er sich doch!", schrie er
ihn an. „Wir wissen nicht ob noch ein zweiter
Angriff erfolgt. Wir müssen hier weg!"
Der Matrose wurde blass. „Ww, wi, wie meinen?", stotterte er.
„So wie ich es gesagt habe, Kerl. Kommen Sie in
die Gänge und bringen Sie uns weg von hier."
Der Matrose blickte auf die brennende, fast ver-
sunkene Ruine von Schiff. Weit und breit war
niemand mehr zu sehen. „Gut, ich denke, wir
können los. Scheint keine weiteren Überlebenden
zu geben."
„Ach, na endlich!", brummte Siebeck. Der Matrose rannte zum Steuer des Rettungsbootes und
gab vollen Schub auf die Impeller. Schnell entfernte sich das Boot von der fast versunkenen
Heathrow und das blaugraue Meer schloss sich
über dem Schiffswrack.
Die Überlebenden wähnten sich in Sicherheit, als
sie knapp fünfhundert Meter von der Heathrow

10

entfernt waren.

Tief im Inneren der Heathrow sammelte sich seit einiger Zeit der Wasserstoff aus den geborstenen Tanks in den noch nicht gefluteten Bereichen und vermischte sich mit der Luft. Schließlich entzündete sich das Wasserstoff-Sauerstoff-Gemisch mit einer gigantischen Explosion und erzeugte eine große Pilzwolke, die langsam aus dem Wasser aufstieg.

Die Druckwelle raste mit dreifacher Schallgeschwindigkeit auf das Rettungsboot zu und warf die Überlebenden nieder. Ein heißer Wind folgte und der flammende Hauch leckte über Kira hinweg. Dann richteten sich die Überlebenden wieder auf. Um sie herum fielen kleine und kleinste Stücke der Heathrow ins Wasser.

„Scheiße!", rief Kevin Kahl. „Diese verdammten Rebellen!"

Auch Bootsmann Angus McFive erhob sich und rieb sich die schmerzenden Ohren. Leichter Schwindel überkam ihn, die Druckwelle hatte sein Innenohr geschädigt.

„Mist", knurrte er verärgert. „Diese widerlichen Arschlöcher!"

Man hatte ihn, zusammen mit Joe Pinkgelman, in die Besatzung der Heathrow eingeschleust. Er wusste, dass auch auf den anderen Schiffen der Waterproof European Incorporated Agenten agierten. Doch er hätte nicht einmal im Ansatz zu glauben gewagt, dass er dermaßen austauschbar war und seine Vorgesetzten das Schiff mit ihm an Bord so kaltblütig zerstören würden, lautete sein Auftrag doch Sabotage. Wozu überhaupt Agenten einsetzen, wenn die Schiffe dann doch durch einen Raketen- oder sonstigen Angriff vernichtet werden sollten. Da steckte eindeutig mehr dahinter. McFive setzte sich wieder hin und dachte nach. Irgendetwas übersah er.

General John Nimiz betrachtete das Satellitenbild des zerstörten und versenkten leichten Kreuzers der Vereinigten Staaten von Europa. Hoffentlich war die Sache damit abgeschlossen. Er hasste es, wenn gute Agenten geopfert werden mussten. Zwar waren es nicht seine eigenen Geheimdienstleute gewesen, doch immerhin die einer der verbündeten Organisationen der Neuen Republik Amerika. Er fragte sich immer noch, warum er diese Order direkt vom Präsidenten bekommen hatte. Was hatte dieser leichte Kreuzer entdeckt, dass sich die Nutzung eines viele Dutzend Millionen Dollar teuren Weltraumkriegssystems als einzige Lösung darbot.
„Was hast du nur entdeckt?", murmelte er vor sich hin.
„Wie bitte, Sir?", erkundigte sich der Ordonnanzoffizier in Nimiz Nähe.
„Nichts, Leutnant", sagte der General nachdenklich. „Es ist nichts."
Der Präsident der Neuen Republik Amerika und

des Goldwater Konzerns, Jonathan Frakes, saß im Oval Office und bekam die Meldung, dass der Angriff erfolgreich durchgeführt worden war. Er seufzte vor Erleichterung. Es war nicht auszudenken, was geschehen mochte, wenn die Wahrheit über die Rebellenanführerin ans Licht käme. Das musste unter allen Umständen verhindert werden.

Der Feuersturm der Explosion erhitzte auch die Luft und führte zu einem gewaltigen Aufwind, der Skyla erfasste und ordentlich durchrüttelte. Ihre robuste Konstruktion überstand die Turbulenzen problemlos, dennoch war das Gefühl nicht sehr angenehm.
„Wahnsinn", murmelte sie. „Das dürfte niemand überlebt haben."
Zwischen all den Trümmern der Heathrow war das Rettungsboot kaum zu erkennen und um es zu entdecken, müsste sie warten, bis es Fahrt aufnahm, da sie Bewegungen weitaus besser wahrnehmen konnte, als stillstehende Objekte.

Kevin Kahl blickte immer wieder nach oben.
„Pst, keinen Mucks. Und nicht bewegen", riet er seinen Bootsgefährten, als erneut das Triebwerksgeräusch eines Flugzeugs zu hören war.
„Die suchen uns wohl immer noch. Tut so, als wärt ihr tot."
Erst als es merklich leiser wurde, wagte er es, den Bootsmotor, den er zwischenzeitlich abgeschaltet

hatte, neu zu starten. Er manövrierte den Kahn
vorsichtig durch die herumschwimmenden
Trümmerteile, ehe er den felsigen Strand ansteu-
erte.
„Schaut euch das an", meinte Kahl und wies auf
zwei andere Boote, die zwischen den mit Sprüh-
eis bedeckten Steinen lagen. Sie waren stark beschädigt, hatten es aber dennoch ans Ufer geschafft. In Kevin keimte die Hoffnung auf, dass
es noch weitere Überlebende, wahrscheinlich von
den anderen Kreuzern, gab. Er setzte das Rettungsboot auf den Strand und stieg aus. Spuren
im Schnee schien es jedenfalls keine zu geben,
dafür entdeckte Kahl einen großen Schneehaufen,
der etwas deplatziert wirkte.
„Moment. Da bewegt sich doch etwas",
brummte er und schaute genauer hin.
„Kommt hierher!", rief ihnen ein Mann zu, der
seinen Kopf aus einer Öffnung des Schneegebil-
des steckte. „Schnell! Die Rebellen haben Such-
flugzeuge! Verwischt eure Spuren!"
Der Bootsmann trat näher heran und erkannte erst
jetzt Rasmus, den stellvertretenden Kommandan-
ten der Gatwick. Er sah auch, dass die Überlebenden eine Art Iglu gebaut hatten, in dem sie
biwakierten. Der Schnee war nur lose darüber
geworfen, damit es nicht aus der Luft zu erkennen
war. Kevin Kahl drehte sich um und winkte den
anderen zu, sich zu beeilen und in die Hütte zu
kriechen, ehe die Tupolew zurückkam. Schnee

fiel vom Himmel und der Atem der Überlebenden kondensierte in der kalten Luft, als sie auf die Notunterkunft zu stapften.

Zur selben Zeit in der Air Force Base Hobart, Tasmanien. Die schwül-warme Luft stand in der Hitze des Tages auf dem Asphalt des Rollfeldes. Grüner Dschungel umgab die Air Force Base außerhalb des Sicherheitsperimeters und Nebel schwebte zwischen den hochaufragenden Bäumen. General Bailey schritt gerade an seinen strammstehenden, schwitzenden Männern entlang.

„Es gibt einen dringlichen Auftrag direkt vom Präsidenten", donnerte er mit befehlsgewohnter Stimme, die selten Widerspruch zuließ. „Wir haben das Gebiet der Rebellenaktivitäten eingrenzen können. Die Mission lautet wie folgt: Vernichtung ihres Transportflugzeugs, mit dem sie neben Wasser auch Waffen und Drogen schmuggeln, insbesondere das sehr gefährliche Powermeth, sowie die Auslöschung ihrer Basis in der Antarktis."

Diese Droge gab es seit den 2050ern und machte noch schneller süchtig, als normales Meth oder Heroin. Soldaten konnten damit bis zu fünf Tage am Stück kämpfen, ohne von Hunger, Angst oder Müdigkeit eingeholt zu werden. Armeen verschiedenster Staaten setzten das Mittel ein, bis die extremen Nebenwirkungen, unter anderem Immunschwäche und starker Knochenschwund, bekannt wurden.

Der General drückte etwas an seinem Smartkom, worauf ein holografisches Bild direkt über ihnen in die Luft projiziert wurde. Es zeigte ein dreistrahliges Passagierflugzeug, welches eine silbrig-weiße Lackierung trug, die von einem dunkelblauen Streifen, der sich von den Scheiben bis zum Heck zog, durchzogen wurde. Die Bauchseite war in einem hellen Grau gehalten. Eine Registrierung fehlte.

„Das Männer, ist eine Tupolew Tu-154M. Genau solch eine setzen die Eispiraten ein und sie besitzt eine mobile Drogenküche an Bord, wo das Powermeth hergestellt wird. Wir müssen unbedingt verhindern, dass die Welt weiter mit diesem Teufelszeug überschwemmt wird. Zerstören wir diese Maschine!"

Er legte sehr viel Pathos in seine Stimme, um die Soldaten zu motivieren und den Hass in ihnen zu wecken.

Den genauen Angriffsgrund erfuhren Bailey und seine Leute nicht, aber die Sache mit dem Rauschgift klang auch so sehr überzeugend. Wobei er den Angriff auch dann befohlen hätte, wenn das Flugzeug eine rosarot karierte Lackierung gehabt hätte und mit Schokoladen-Vanille-Osterhasen beladen gewesen wäre. Das Wort des Präsidenten war schließlich Gesetz.

„Da wir keine genauen Koordinaten haben, müs-

sen wir ein Flächenbombardement durchführen. Sie sind dafür ausgerüstet und entsprechend trainiert. Beginnen Sie ihre Mission! Wegtreten!"
„Ja, Sir!", schallte es über die Air Base. Die Männer hasteten zu den Rollfeldern, um ihre Langstreckenbomber vom Typ Northrop B-2 Max Destroyah, einer modernen Version der ursprünglichen Northrop B-2 „Spirit", vorzubereiten.

Captain John Hopkins und sein Co-Pilot First Lieutenant Mary Goßberg rannten auf ihr Flugzeug zu. Die mit dem internen Rufzeichen Suicide Bomb versehene Maschine, offizielles Rufzeichen „Destroyah of Pain", war vollgetankt und schwer bewaffnet. Die beiden Air-Force Offiziere kletterten an Bord und schnallten sich auf ihre ACES-VI Schleudersitze. Hopkins aktivierte die holographischen Instrumente des Nurflügler Stealth Bombers. Vor ihm baute sich eine Checkliste auf dem linken Holo-HUD auf und eine Karte auf dem Rechten.
„Sir", merkte Goßberg an. „Das Einsatzgebiet ist fast 10.000 Meilen entfernt, das wird knapp mit dem Treibstoff."
Der Lieutenant runzelte die Stirn und ging dann pedantisch die Checkliste für den Start der eine Milliarde Dollar teuren Maschine durch. Captain Hopkins nickte, als er das Star Link Navigationssystem programmierte und sich den voraussichtlichen Treibstoffverbrauch mit und ohne

Bombenlast berechnen ließ.

„Das schaffen wir, Goßberg. Notfalls steigen wir aus und schieben", lachte der Captain.

„Klar Sir. Das machen wir dann", nickte Goßberg.

Hopkins aktivierte die restlichen elektrischen und digitalen Systeme und ging seinen Teil der Checkliste durch. Das Human-Readable-Interface, das HRI, begrüßte die beiden Offiziere: „Willkommen an Bord, Captain Hopkins und Lieutenant Goßberg. Wie ich sehe, fliegen wir in die Antarktis. Kalt da. Ich empfehle die Heizung auf vollen Schub zu stellen. Hahaha."

Hopkins schmunzelte und schüttelte gleichzeitig den Kopf. Die Bord-KI des Stealth Bombers hatte eine interessante Persönlichkeit programmiert bekommen. Sofern dies überhaupt bei einer militärischen Klasse-Drei-KI möglich war. Auch wenn sich die Technik mittlerweile extrem weit fortentwickelt hatte, echte künstliche Intelligenz, ein Bewusstsein in der Maschine, war noch meilenweit außerhalb der Reichweite der Menschheit. Zumindest laut aktueller Lehrmeinung. Zum Glück, bedachte man den Humor der Bomber-KI. Hopkins schloss die Checkliste ab und startete dann die Avionik-Subprozessoren, die das, dank der perfekten Radar-Stealth-Tarnung aerodynamisch instabile, Flugzeug stabilisierten. Das modernste Fly-by-wire System des Planeten ermöglichte dem Piloten der B2 eine nie dagewesene

Kontrolle über die Maschine.

„Alle Parameter grün, Captain", meldete sich das HRI, „wir können starten."

„Gut, Suicide Bomb, dann öffne mal einen Kanal zum Flight Command Center", befahl Hopkins.

„Natürlich, Sir", antwortete die KI dienstfertig.

„Flight Command, hier Destroyah of Pain. Wir erbitten um Startfreigabe." Hopkins schüttelte die Hände aus und legte dann die Finger um das Joypad und die Schubhebel.

„Destroyah of Pain", kam die Antwort der Leitstelle herein, „Take-Off genehmigt. Guten Flug." Hopkins gab Schub und die B2 bewegte sich über die Rollbahn auf die Startbahn zu. Hinter ihr reihten sich vier weitere B2 Bomber auf, wie Perlen an einer Schnur.

„Wussten Sie, dass der B2 Bomber der Destroyah-Serie über einen Radarquerschnitt, einem sogenannten RCS, von weniger als 0,07m² verfügt?", meldete sich die KI zu Wort.

„Glaub es oder nicht", antwortete Hopkins, „das ist uns bekannt."

„Oh, wie schön." Die Antwort der Maschine ging im Aufheulen der vier F220-GE-357- Turbofantriebwerke unter, als Hopkins Schub gab.

„Und wussten sie, dass die Bewaffnung dieses Flugzeugs momentan aus fünfundsiebzig GBU-67 Small Diameter Bombs besteht, sowie aus fünfzehn KI-kontrollierten Smart-Bomb-Teppichen der GBU-104 Waycrest Serie und sieben Bunkerbrechern der AGM-476 JASSM Serie", fuhr die KI ungerührt fort.

„Ja wissen wir, konzentrier dich auf das Fliegen, Suicide Bomb. Ich will nicht abstürzen, nur weil du selbstverliebt dein Datenblatt vorträgst." Hopkins grinste, während er antwortete.

Kapitänleutnant Rasmus, stellvertretender Kommandeur der Gatwick, winkte die Überlebenden der Heathrow in das provisorische Iglu, welches sich bei näherer Betrachtung als mit Schnee und Eisbrocken getarntes Rettungszelt erwies.
„Kommt, los Leute, ich will nicht, dass wir entdeckt werden", drängte er mit befehlsgewohnter Stimme. Der blonde Offizier mit deutsch-schwedischen Wurzeln und blauen Augen, die die unendlichen Farbschattierungen des Meeres widerspiegelten, zählte die Neuankömmlinge durch und murmelte dabei den jeweiligen Rang vor sich hin. Nachdem der Letzte eingetreten war, wandte er sich an das Häufchen demoralisierter Männer und Frauen der Streitkräfte der Vereinigten Staaten von Europa.
„Hört her, Leute!", räusperte er sich, „ich bin der ranghöchste Offizier hier und damit steht dieser traurige Haufen hier unter meinem Kommando. Wir verfügen über Vorräte für fünfzig Mann und in eurem Rettungsboot", er nickte den Überlebenden der Heathrow zu, „wird sicherlich auch nochmal ein Überlebenspaket für fünfzig Perso-

nen lagern.“ Er überlegte kurz. „Wir sind achtunddreißig Mann. Das bedeutet: Wir haben Vorräte für knapp zwanzig Tage. Das ist Zeit genug für eine Rettungsmission. Also keine Panik, wir werden hier nicht elendig draufgehen.“ Hagelstolz trat nach vorne.

„Entschuldigen Sie, Herr KaLeu, dürfte ich unter vier Augen mit Ihnen sprechen.“

„Natürlich“, antwortete dieser verdutzt.

Die beiden Männer gingen ein paar Schritte zur Seite.

„Was gibt es, Mann?“, erkundigte sich der Kapitänleutnant bei Hagelstolz.

„Herr KaLeu, ich und mein Gefreiter hier drüben, unterstehen nicht ihrer Befehlskette. Somit werden wir das tun, was ich für das Beste erachte. Dazu gehört, dass ich mit meinem Interkom per Satellit mit meinen Vorgesetzten Kontakt aufnehme.“ Hagelstolz klopfte sich auf eine Tasche seines Tarnanzugs. „Damit können wir uns Hilfe organisieren und die nächsten Schritte zusammen mit unseren Vorgesetzten absprechen. Wir sind also nicht auf uns gestellt. Ich wollte, dass Sie das wissen.“

Der Kapitänleutnant war zu verwundert, um darauf antworten zu können. Dann riss er sich sichtlich am Riemen und fragte: „Haben Sie denn keine Arbeit, zu der Sie müssen?“

„Nun, wenn wir uns an die Arbeit machen sollen, müssten Sie aber das tun, was ich Ihnen befehle.

Könnten Sie das?"

„Nun", zögerte der KaLeu. Dann schien er einen Entschluss zu fassen und nickte. „Also gut, Sie sind der Mann fürs Grobe im Feld. Aber übertreiben Sie es nicht."

Rasmus wandte sich den anderen zu.

„Es ist sicher besser, wenn wir alle schlafen gehen. Wir müssen die Nacht abwarten."

„Hervorragender Plan, Herr KaLeu", sagte Hagelstolz.

Der Hauptmann zog sich in eine Ecke zurück und rief das Holodisplay seines Smartkoms auf.

Er tippte die Kombination ein und da offenkundig jemand an der Programmierung gespart hatte, schlug der Gesichtsscan negativ an. Ein schrilles Piepsen durchklang den Raum.

„Schon wieder Alarm?", erkundigte sich eine der Überlebenden, während Hagelstolz versuchte, das Piepsen zu ersticken.

Die Bomber befanden sich in der Luft, doch bis zum Zielkontakt würden noch einige Stunden vergehen. Zeit also, sich die Mission noch einmal durch den Kopf gehen zu lassen.

„Was ist das für ein Flugzeug, das wir zerstören sollen?", fragte First Lieutenant Goßberg.

„Die Tupolew Tu-154 ist ein in der damaligen Sowjetunion entwickelter, dreistrahliger Tiefdecker für bis zu hundertachtzig Passagiere", zählte die KI auf.

„Die Erstversion absolvierte ihren Jungfern-
flug am 3.12.1968.“
„Oha, das ist ja fast hundert Jahre her“, meinte
Goßberg amüsiert. „Ein regelrechter Oldtimer.“
„Es wurden immer neue Varianten entwickelt“,
fuhr Suicide Bombs KI fort. „Wir haben es mit
der M zu tun, das ist die letzte Version. Erstflug
1982. Gebaut bis 2013. Von den russischen
Streitkräften noch bis in die Vierziger eingesetzt,
meist als VIP-Transporter oder Spionageflugzeug.“
„Du bist schon ein fliegendes Lexikon“, sagte
Captain Hopkins. „Weißt du noch mehr über unser Ziel?“
„Na klar. Dieser Flugzeugtyp neigte gerne mal zu
seltsamen Verhaltensweisen. Da war 2011 eine,
die ließ sich kaum steuern, machte, was sie wollte, und die Piloten hatten ihre Mühe, sie wieder
heil runterzubringen.“
Goßbergs Augenbrauen wanderten langsam nach
oben. War das vielleicht ein weiterer Grund für
ihren Auftrag? Fünf der teuersten Bomber der
Welt zu beauftragen, nur um eine Drogenküche in
einem Oldtimer auszuheben, schien ihr etwas zu
übertrieben. Da musste mehr dahinterstecken.
„Wie ist die Technik der Tu-154M aufgebaut?“,
wandte sie sich an die KI. „Verfügt sie über
künstliche Intelligenz?“
Jetzt mischte sich der Captain ein. „Das ist doch
egal. So eine alte Kiste hat mitnichten KI-

Kapazitäten, ich glaube, die hat noch nicht mal
einen Bordcomputer ."
„Doch, hat sie", widersprach Suicide Bomb. „Allerdings als Analogrechner ausgeführt."
„Und die bestehen nur aus Schrauben und Muttern", beharrte Hopkins.

Aufgewachsen wie viele seiner Generation als
Digital Native, konnte er sich nichts unter einem
Analogrechner vorstellen und verglich ihn in Gedanken mit einem Rechenschieber, wie es sie
noch für Kinder als Spielzeug gab.

„Außerdem haben wir einen Befehl auszuführen."

Die Überlebenden betraten gerade noch rechtzeitig das Rettungszelt, als das Triebwerksgeräusch
zurückkehrte. „Da ist das Mistvieh wieder",
knurrte Kevin Kahl.
„Keine Angst", beschwichtigte ihn der KaLeu.
„Die sehen uns nicht. Aber die Frage ist, was machen wir jetzt?"
„Was wohl? Wir warten, bis unser Mann fürs
Grobe Verstärkung anfordert", sagte Kahl mit
Seitenhieb auf Hagelstolz. „Dann stürmen wir
diese verdammte Basis."
Jetzt ließ der Matrose seinen Blick umherschweifen. Als der laute Piepton erscholl, verzog er seine Mundwinkel. Irgendwas war komisch an diesem Typen. Es konnte nicht schaden, wenn er ihn
im Auge behielt.
Er schaute sich weiter um und Kira fiel ihm auf.

„Hübsche Frau", dachte er. „Ob sie wohl schon vergeben ist?"

Jetzt setzte er ein freundliches Lächeln auf und rückte näher an sie heran.

„Wie geht es Ihnen?", fragte er.
Rasmus beachtete sie nicht mehr, sondern verzog sich ebenfalls in eine Ecke, um etwas zu essen, und danach zu schlafen. Seine Untergebenen taten es ihm größtenteils gleich.

Skyla überflog noch einmal das Gebiet und noch immer war niemand zu erkennen. Dafür weckte etwas anderes ihr Interesse. Vorhin lagen zwei Rettungsboote am Strand, jetzt waren es drei. Wurde es angespült, oder aber hatten sich damit Leute von den zerstörten Kriegsschiffen retten können?

Einige hundert Meter weiter befanden sich zwei große, männliche Eisbären, die in einem Kommentkampf vertieft waren. Dann streckten sie ihre Nasen nach oben, denn sie witterten etwas. Kurz darauf trotteten sie los. Die Tupolew wusste, dass die Tiere ihre Beute meilenweit erschnüffeln konnten. Wenn sich also Menschen hier befanden, würden die Raubtiere sie finden.

„Suicide Bomb?", fragte Captain Hopkins, in der Kochnische stehend, die Bord-KI des B2 "Max Destroyah" Stealth Bombers der Neuen Republik Amerika. „Wie schaffe ich es, aus den

MRE etwas Leckeres zu Essen zu bauen?"

„Das weiß ich leider nicht, Captain", antwortete die KI. „Aber hier sind hundert leckere Rezepte für Chili con Carne. Das erste Rezept basiert auf einer ausgewogenen Mischung aus Kidneybohnen, Mais, Paprika, Zwiebeln, Knoblauch und passierten Tomaten sowie Chilis und scharfer Sriracha Chilisauce. Dazu kommen noch gemischtes Hackfleisch und kleingeschnittenes Schweinegulasch. Ein Rezept mit neun von zehn Sternen bei CookCookWow.com."

„Das nächste Rezept …", fuhr die KI fort, als Hopkins sie grob unterbrach.

„Halt die Klappe, Suicide Bomb", grummelte Hopkins. „Ich hab hier nur MREs und du machst mir den Mund wässrig mit geilen Chili-Rezepten. Na hast du sie noch alle?"

„Tatsächlich nicht", gab die KI bedrückt zu. „Mir fehlt Verstand, Herz und Mut. Dafür weiß ich den Weg nach Kansas. Wollen wir zurück nach Kansas bevor die böse Hexe des Westens uns kriegt? Berechne neue Route …"

„Nein!", schrien Hopkins und Goßberg simultan.

„Na gut dann nicht", maulte die KI. „Auf zum Zauberer. Behalte geplante Route bei. Hoffentlich finden wir ihn in der Antarktis auch. Da hats viel Schnee."

Goßberg und Hopkins warfen sich gequälte Blicke zu. Die KI war weit von einer echten KI entfernt, aber der Coder musste echten Spaß an seinem Programm gehabt haben.

„Lieutenant? Wir haben nur veganes Hacksteak da", informierte Hopkins seine Co-Pilotin.

„Was? Scheiße!", fluchte die junge Frau. „Dem Arschloch der dieses MRE verbrochen hat würde ich gerne mal in einer dunklen Gasse begegnen."

„Geben Sie mir dann Bescheid, Lieutenant. Ich halt ihn fest", schmunzelte Hopkins, während er das Essen zubereitete, was eigentlich nur bedeutete, dass er die Verschlussstreifen von den Beuteln abzog, sodass der eingebaute Autowärmchemiesatz das Essen erhitzen konnte. Kurz darauf saßen beide Piloten auf ihren Sitzen und aßen.

„Eine Milliarde Dollar für dieses Flugzeug, aber der Fraß ist genauso beschissen wie sonst auch", murrte Goßberg, während sie sich veganes Hacksteak zwischen die Kiemen schob.

„Kennt man ja nicht anders, Goßberg", antwortete Hopkins, während er nebenher die Instrumente im Auge behielt.

Hagelstolz hatte es geschafft sein Smartkom zu beruhigen und jetzt tippte er ein paar Codesequenzen ein. Nach einem zusätzlichen Iris-Scan und einer Fingerabdrucküberprüfung hatte er die Leitstelle dran.

„Hier Hagelstolz, Ident 354K3384093, Lagebericht: Die Heathrow, unser Extraktor, wurde durch massiven Feindbeschuss versenkt. Sind mit circa fünfunddreißig Überlebenden gestrandet.

Haben Verpflegung für zwanzig Tage. Plan ist, die Mirny-Basis zu erobern und dort auf Entsatz zu warten."
Es rauschte kurz, als Hagelstolz aufhörte zu sprechen, dann erklang die Stimme des Operators.
„Ident 354K3384093, verfahren Sie nach eigenem Ermessen. Hilfe ist auf dem Weg. ETA fünfzehn Tage. Halten Sie durch und erfüllen Sie ihre Mission. Leitstelle aus."
Hagelstolz schloss die Funkverbindung und steckte das Smartkom ein. Er stand auf und ging zu Kira Hanuffson hinüber, die sich mit einem der Matrosen unterhielt.
„Hallo Kira, ich habe Hunger. Wollen wir etwas essen?", fragte er die junge, blonde Frau und lächelte sie an. Kira erwiderte die freundliche Geste.
„Natürlich, gerne", sagte sie und stand auf. Sie hakte sich bei Hagelstolz unter und gemeinsam gingen sie zu den Stapeln mit Notrationen.
„Also, schauen wir mal, was wir hier haben", murmelte Hagelstolz und ging die EPA-Packungen durch. Die Einmannpackungen waren nicht sortiert, aber nach kurzem Wühlen zog er für sich und Kira jeweils eine Packung heraus.
„Das hier sind Ravioli, mit eine der am besten schmeckenden Sorten."
Er überreichte Kira ihr Päckchen und sie setzten sich auf eine der Isomatten, die die einzige Sitzgelegenheit im Iglu waren.

„Also", erklärte Hagelstolz, „Sie öffnen ganz normal den Karton und holen den ganzen Kram raus. Um die Ravioli, die hier in der Tüte sind, warm zu machen, ziehen sie einfach diese Lasche hier ab. Damit öffnen Sie die Tüte und der Chemiesatz erwärmt das Essen."
Beide öffneten ihre Ravioli und kurz darauf dampfte es aus den Beuteln und duftete verführerisch nach Tomatensoße.
„Mhm, das riecht echt lecker", schnupperte Kira an den Beuteln.
„Und nun zeig ich Ihnen noch einen Trick", erklärte Hagelstolz. „Jetzt können Sie hier diesen Faltbecher aus Alu und Pappe nehmen, klappen ihn auf und füllen ihn mit den Wasserpäckchen, die hier drin sind. Dann tun sie die Kaffeeration hinein und dann stellen wir das Ganze so auf den Chemiesatz der Ravioli und binnen kürzester Zeit haben wir heißen Kaffee."
Hagelstolz tat, wie er gesagt hatte und nach kurzer Zeit saßen beide mit heißen Ravioli und noch heißerem Kaffee zufrieden am Boden und aßen.
Gefreiter Siebeck, Elitesoldat für Spezialmissionen, lauschte am Eingang des Iglus nach dem verräterischen Kreischen und Jaulen der Flugzeugmotoren. Doch weit und breit war nichts wahrzunehmen. Siebeck verließ das Iglu und sah sich die Umgebung an. Die drei Rettungsboote ließen sich mit der bordeigenen TuT-Ausrüstung bestimmt besser verstecken. Tarnen und Täu-

schen waren Begriffe und Taktiken, die Siebeck
quasi mit der Muttermilch aufgesogen hatte. Er
ging zu den Booten hinüber und drapierte die
Tarnnetze darüber. Dann schaufelte er Schnee
und Dreck darüber und nach kurzer Zeit, waren
die drei Boote aus der Luft nicht mehr zu erkennen.
Siebeck betrachtete zufrieden sein Werk und begann dann einen Patrouillengang um das provisorische Lager der Überlebenden herum. Von be-
sonderem Interesse waren für ihn die taktische
Lage und eventuelle Gefahrenquellen, die die
Antarktis reichlich bot.
Plötzlich stand er zwei ausgewachsenen, aggres-
siven Polarbären gegenüber, die sich gerade zu
ihm umwandten. Der linke, etwas größere Bär
hatte eine blutige Strieme an der Nase. Er bemerkte Siebeck und richtete sich zu seinen vollen
vier Metern Größe auf, hob die Tatzen und brüllte
seine Wut und Ungemach Siebeck ins Gesicht.
Dann sprang der Eisbär, mit einer Kraft und Ele-
ganz, die man ihm gar nicht zugetraut hätte, auf
Siebeck zu und schlug mit seiner pfannengroßen
Pranke nach dem Soldaten. Doch dieser war
schon längst woanders und rollte durch den
Schnee. Nach zwei Überschlägen landete Siebeck
auf den Knien und riss seine Arctic Fire II nach
oben. Zwei Kopfschüsse später sank der Eisbär
tot zu Boden, was den anderen aber nicht störte.
Während der Gefreite mit dem ersten Eisbären

beschäftigt war, hatte er die beiden umgangen und griff Siebeck jetzt von hinten an. Die gewaltige Pranke des Ursus maritimus erwischte Siebeck am Rücken und schleuderte ihn zwei Meter durch die Luft. Siebeck keuchte vor Schmerz und Überraschung, als die scharfen Krallen des Tieres ihm den Rücken aufrissen, dann rollte er sich ab, kam hoch und starrte in die gelben, hasserfüllten Augen des Eisbären. Dieser riss das Maul auf und ging Siebeck an die Kehle.

Der Gefreite schaffte es gerade noch, seine Waffe zwischen sich und den Bären zu bringen und drückte ab. Fünfundvierzig Schuss hochdichter, aufpilzender Uranmunition fetzten durch den Körper des Bären.

Dieser, von den Ereignissen komplett überfordert, richtete einen vorwurfsvollen Blick auf den Soldaten, bevor er zusammenbrach und in einer immer größer werdenden Blutlache liegenblieb.

„Scheiße!", schrie Siebeck und rappelte sich auf. „So … ne … verdammte … Scheiße!"

Jetzt musste er auch noch die verdammten Eisbären tarnen.

„Es hilft ja nichts, Fuck. Scheißbären. Was machen die überhaupt hier? Das ist der verfickte Südpol. Wie kommen Eisbären hier her?"

Siebeck fluchte und murrte, bis er die Eisbären unter einer Schicht Steinen, Eis und Schnee verborgen hatte. Dann machte er sich auf den Weg zurück zum Lager.

Skyla bemerkte sehr rasch, dass sich am Boden etwas tat, konnte aber nicht mehr verhindern, dass die Bären den Typen attackierten und daraufhin von ihm erschossen wurden. Zorn übermannte sie wie eine rote Woge und sie setzte zum Tiefflug an, um den Kerl anzugreifen. „Na warte, dich mache ich kalt!", schrie sie und fuhr zusätzlich die Landeklappen voll aus.
Siebeck, noch immer erschöpft vom Kampf und mehr kriechend als laufend, bemerkte das Flugzeug erst, als es nur noch Sekunden von ihm entfernt war.

„Verdammt!", brüllte er und riss seine Waffe hoch, doch zu spät. Die Tupolew traf ihn zwar nicht direkt, doch geriet er in ihre Wirbelschleppe und wurde mehrere Meter weit durch die Gegend geschleudert. Zusätzlich deckte es den Schnee von der Rettungshütte ab. Skyla setzte auf dem Eis auf, rollte aus und wendete schließlich, um Siebeck den Rest zu geben, als auf einmal mehrere Leute aus dem seltsamen Haufen kamen.

„Oha, nicht gut. Besser ich hau lieber ab", sagte sie zu sich selbst und bereitete den Start vor.

Rasmus hatte den Krach gehört und mehreren seiner Männer ein Zeichen gegeben, ihm nach draußen zu folgen. Als Erstes erblickte er Hagelstolzs Kumpan, der verdreht wie eine weggeworfene Gliederpuppe im Schnee lag. Er rannte zu ihm hin und fühlte seinen Puls am Hals.

„Glück gehabt, er lebt. Schafft ihn rein!", befahl er. Einer griff dem Verletzten unter die Achseln, ein anderer packte die Beine, so trugen sie ihn ins Zelt, während die übrigen die Gegend sicherten. Einige Reste des Eisbärenkampfes waren noch zu erkennen, wie zerwühlter Schnee und etwas Blut. Dem schwedischen KaLeu kam es komisch vor und er untersuchte die Stelle genauer. Als er den Schnee wegkratzte, kam die Tatze eines Eisbären zum Vorschein.

„Die Rebellen setzen diese Tiere im Kampf ein", schlussfolgerte er daraus. Gar nicht gut. Er musste sofort seine Mitstreiter warnen. Aufheulende Triebwerke rissen ihn aus seinem Sinnieren. Er schaute hoch und sah die Tupolew in einiger Entfernung stehen.

„Du fliegst nirgendwohin!", knurrte er und legte sein Gewehr auf sie an. Es knallte mehrfach, das Flugzeug ließ sich davon jedoch nicht beirren. Es setzte seinen Startlauf fort, hob ab und verschwand in den Wolken.

„Mist! Nicht getroffen!", maulte er und kehrte zum Zelt zurück, wo sich mehrere Leute daran machten, Siebeck zu verarzten.

„Eisbären ... Flugzeug ...", stammelte dieser mehrmals.

„Ja, ich hab es gesehen", erwiderte Rasmus. „Die Rebellen haben offenbar Polarbären abgerichtet

und mit dieser Maschine hier abgesetzt. Das bedeutet aber auch, dass wir entdeckt sind. Wir werden für die Nacht Wachen aufstellen müssen. Das Flugzeug habe ich jedenfalls vertrieben."
Seine Männer nickten. Nur Kevin Kahl hatte seine Gedanken ganz woanders. Es ärgerte ihn, dass Kira ihn kaum beachtete, dabei stand er auf sie. Sein erster Flirtversuch war jedenfalls gründlich in die Hose gegangen. Also musste er sich etwas Neues einfallen lassen.

Skyla wurde etwas mulmig zumute, als ihr die Schüsse um die Ohren zischten. Ein kurzer, stechender Schmerz am Lufteinlass des S-Ducts erinnerte sie daran, wie verletzlich sie eigentlich war und sie verfluchte ihren Übermut, der sie immer wieder dazu trieb, die Feinde zu provozieren. So schnell sie konnte, stieg sie in die Höhe und flog nach Mirny. In der Basis angekommen, rollte sie nach der Landung direkt auf den Hangar zu und bremste vor dem Tor scharf ab.
„Soldaten!", rief sie. „Sie kampieren an der Küste und werden sicher bald herkommen."
Shadow Blade, der seine Aufladung abgeschlossen hatte, grinste nur.
„Die sollen es nur wagen. Die Nacht ist mein Verbündeter."
„Wie viele hast du entdeckt?", fragte Komodo, der hinzugetreten war.
„Das konnte ich nicht genau erkennen, denn ich

musste schnell weg, da sie auf mich geschossen haben", gab die Tupolew zurück. „Aber einer von diesen Bastarden hat auch zwei Eisbären getötet!"

Dabei verschwieg sie wohlweislich, dass der Soldat in Notwehr handelte, als auch, dass sie eine Kugel abbekommen hatte.

„So wie es aussieht, sind die Tiere auch hier nicht sicher", brummte Komodo. „Sollen wir Shadow Blade hinschicken, damit er den Kerlen den Garaus macht?"

„Besser nicht", meinte Skyla. „Denn ohne ihn sind wir hier ungeschützt. Aber zwei bis drei Laufdrohnen postieren wir weiter vorn."

Sie begaben sich in den Hangar und beobachteten gespannt das Holo-Display, das das Überwachungsbild der Drohne anzeigte. „Wenn sie kommen, sehen wir es."

Björn Hagelstolz kümmerte sich um Siebeck. Die Verletzungen waren recht oberflächlich, sodass eine Lage Kunsthaut reichte, um sie erst einmal zu versorgen. Nachdem er die Wunden eingesprüht hatte, nahm er sich den Gefreiten zur Seite.

„Gefreiter", fing er an, „wir können nicht auf Entsatz warten. Wir müssen die Initiative ergreifen, nachdem unsere Position aufgedeckt worden ist. Wir beide werden uns heute Nacht zur Basis begeben und diese auskundschaften."

„Ja, Hauptmann", nickte Siebeck und zog sich

seinen Tarnanzug wieder an. Das zähe Material
hatte ihn sowohl vor ernsten Verletzungen durch
den Eisbärenangriff als auch durch den Düsen-
schub des Flugzeugs geschützt. Die beiden Soldaten gingen zu den Vorräten und nahmen sich jeder ein paar EPA. Für den Einsatz würden sie
jede Energie brauchen, die sie kriegen konnten.
Siebeck erwärmte zwei Mahlzeiten und fing an,
sich Essen in den Mund zu schieben. Hagelstolz
tat es ihm gleich. Dann, ohne weitere Worte zu
den anderen Überlebenden, suchten sie sich ihre
Ausrüstung zusammen, schlichen sich aus dem
Zelt und machten sich in der antarktischen Däm-
merung auf den Weg zur Mirny-Basis.

Kira half unterdessen den restlichen Überleben-
den bei der erneuten Tarnung des Rettungszelts.
Sie keuchte und warf Schnee und Eisbrocken auf
das Zeltdach. Neben ihr arbeitete der Matrose,
mit dem sie sich vorhin unterhalten hatte.
„Das ist ganz schön mistig hier", fing dieser ein
Gespräch mit Kira an. „Übrigens mein Name ist
Kevin."
„Kira", antwortete die junge Frau und warf einen
weiteren Eisbrocken auf das Zeltdach.
„Sie sind keine Soldatin?", fragte Kevin weiter.
„Nein", lachte Kira, „obwohl mittlerweile wäre es
wohl besser, wenn ich wüsste, wie man kämpft.
Aber nein, ich bin Wissenschaftlerin. Dr. Kira
Hanuffson", stellte sie sich vor und reichte dem

Matrosen die Hand. „Klima-Biologin und Klima-Chemikerin, zu ihren Diensten."

„Kevin, Kevin Kahl", lächelte dieser. „Ich bin nur Deckschrubber."

„Auch ein ehrenwerter Beruf", antwortete die Klima-Wissenschaftlerin.

„Ja, naja", brummte Kevin, „irgendeiner muss es ja machen."

Die Sonne ging schnell unter, und in der Dunkelheit der Nacht war an ein weiteres Arbeiten nicht zu denken. Auch wurde es empfindlich kalt. Von den Überlebenden hatten die wenigsten vollgültige Polarkleidung, sodass sie frierend im Zelt saßen und sich mit heißem Kaffee warm hielten. Die, welche die Temperaturen bei -25 Grad aushielten, hatten sich um das Zelt herum verteilt und hielten, mit der Waffe in den behandschuhten Händen, Wache.

Kira saß im Zelt auf einer Iso-Matte und hielt einen dampfenden Becher Kaffee in der Hand. Ihr Atem kondensierte in weißen Schwaden, genauso wie der der restlichen Männer und Frauen. Die Feuchtigkeit setzte sich an den Zeltinnenseiten ab und langsam überzog ein dicker Eisfilm die Plane.

„Wie kalt es hier drinnen wohl ist?", fragte Kira in die Runde.

„Das kann ich Ihnen sagen", erwiderte ein dicker Mann in der Uniform eines Bootmannes und holte einen Ausrüstungskoffer heran. Nach kurzer

Suche hatte er gefunden, was er suchte und hielt triumphierend ein Thermometer in die Höhe.

„Es hat genau“, er zögerte kurz und las die Anzeige ab, „genau -3 Grad Celsius. Recht frisch.“

„Ja, aber wahrscheinlich nicht so kalt wie draußen. Ich will da jetzt nicht unterwegs sein müssen“, antwortete Kira und fröstelte. Ein Schluck ihres nun nur noch lauwarmen Kaffees konnte sie auch nicht mehr aufwärmen.

Auf halbem Weg zur Mirny-Basis hielten Hagelstolz und Siebeck kurz an. Die sternenklare Nacht funkelte über ihren Köpfen und das Kreuz des Südens schimmerte durch die Polarlichter hindurch.

„Wunderschön, Hauptmann, nicht?“, bemerkte der Gefreite.

„In der Tat, Siebeck. So ist es“, kam die Antwort. Sie stapften weiter durch die von der Aurora australis erhellte Nacht. Die Sicht war dementsprechend gut, sodass Hagelstolz die Drohne rechtzeitig bemerkte.

Er hob die geballte Faust und ging in die Knie. Siebeck tat es ihm gleich, das Gewehr im Anschlag.

Der Hauptmann gab einige Kommandos in der Zeichensprache der Spezialkräfte der Vereinigten Staaten von Europa. Sie sanken beide auf den Boden und krochen nun lautlos über Eis und Schnee. Sie umgingen die Drohne, ohne bemerkt zu werden und huschten vorsichtshalber noch fünfhundert Meter weiter durch die harschen Geländeverhältnisse des Gletschers des Königin-Marie-Lands. Dann standen sie auf und schlichen geduckt weiter. Die letzten fünf Kilometer gingen sie mit extremer Vorsicht vor und schafften es, kurz vor Tagesanbruch, in eine überhöhte Position vorzurücken. Sie gruben sich in den Schnee ein und beobachteten die knapp hundert Meter entfernt daliegende Mirny-Basis. Die Station bestand aus mehreren schneefesten Bungalows, einem umzäunten Technikschuppen, einem Hangar und einer Garage. Niemand war zu sehen. Schließlich ging, nach einer ereignislosen halben Stunde, die Sonne auf und füllte mit ihrem Strahlen die Welt aus. Siebeck und Hagelstolz aktivierten die Polarisation ihrer Gesichtsschilder und warteten weiter.

Schließlich tat sich etwas. Ein humanoider Androide umrundete den Hangar. Er war dunkelblau lackiert und lange Klingen wuchsen aus seinen Armen. Ein über der Schulter montierter Magnetwerfer schien bereit, irgendeine Art von Projektil abzufeuern.

„Das Ding sieht tödlich aus, Hauptmann", flüsterte Siebeck und beobachtete die Maschine durch das Visier seiner Arctic Fire II. Der digitale Zoom vergrößerte jedes Detail.

„Hauptmann, der Roboter ist voller Blut. Und ich glaube der Schulterwerfer verschießt Klingen.

Vielleicht so ne Art Ninja-Sterne.“

„Hmpf, würde mich nicht wundern, wenn diese Blechdose die Ursache ist, die uns neulich den Arsch aufgerissen hat“, erwiderte Hagelstolz. Er wartete, bis die Maschine ihre Runde um die Gebäude fortgesetzt hatte und außer Sicht war. Dann zog er den Multiscanner aus der Tasche, richtete den Sensor aus und aktivierte den Holoschirm. Das Gerät, mit einer primitiven KI ausgestattet, tastete die vor ihm liegenden Gebäude ab, was gut eine Viertelstunde dauerte. Danach war eine voll manipulierbare Grafik des gescannten Bereichs erstellt worden.

Hagelstolz sah sich die verschiedenen Teile der Basis an, ortete zwei Lebenszeichen und einige stärkere elektro-magnetische Quellen, vermutlich Androiden oder Roboter. Auch das Flugzeug konnte er im Hangar ausmachen.

„Da sind nicht viele“, überlegte Hagelstolz, „zwei Menschen und einige Roboter. Das können wir schaffen, wenn wir unsere Vorteile richtig ausspielen. Die einzige Schwierigkeit ist, wie wir den Rest unerkannt hierherbringen.“

Siebeck nickte versonnen.

Auch Kevin Kahl fror jetzt richtig. Er gehörte zu denjenigen, die keine polartaugliche Kleidung besaßen. Bisher hatte er sich mit seiner heimlichen Ration Schnaps warmgehalten, doch er wollte vor Kira nicht als Säufer dastehen. Siebecks Kampf fiel ihm ein.

„Hat der Typ vorhin nicht etwas von Eisbären gemurmelt? Wo sind deren Felle?"
Rasmus wurde hellhörig.

„Das ist es. Aus den Pelzen könnten wir Klamotten herstellen."

Er ging raus zu den Wachen, um ihnen sogleich die Order zu übermitteln. Sofort machten sich vier Mann an die Arbeit. Die toten Bären mussten vom Schnee befreit und abgehäutet werden, was sich bei den frostigen Temperaturen als sehr schwierig herausstellte. Die Nacht war kälter als sonst hier üblich, ein Vorbote des heranrückenden, polaren Winters.
„Man könnte das Fleisch doch auch gleich kochen und essen", schlug einer der provisorischen Kürschner vor, was auf allgemeine Zustimmung stieß. So wurden die Tiere zerlegt und ins Zelt gebracht. Zwei hielten weiterhin Wache, doch es ließ sich weder ein Flugzeug noch ein sonstiger Feind blicken.
Kevin sah auf die blutigen Körperteile herab und rümpfte die Nase.

„Was wird das denn?"
„Essen, was sonst?", antwortete Rasmus. „Wir machen jetzt ein Feuer mithilfe der Notausrüstung, um uns zu wärmen und das Fleisch zu braten."
„Und das Spionageflugzeug?"

„Ist weg, ich habe es verjagt. Hatte wohl Angst
vor meiner Waffe.“
Langsam zog ein verführerischer Duft durch das
Zelt. Als die ersten Fleischstücke fertig gegrillt
waren, sah es um einiges appetitlicher aus als
zuvor. Kevin biss herzhaft hinein und bot danach
auch Kira ein großes Stück an. „Probieren Sie
mal, das schmeckt gar nicht mal so schlecht. Und
aufwärmen tuts auch.“
Inzwischen war es gelungen, aus den Eisbärenfel-
len provisorische Kleidung herzustellen, die für
vier Personen reichte. Jeweils eine Art Hosenbei-
ne, ein Kurzmantel mit Kapuze, ein Schal, der
unangenehm scheuerte, Fäustlinge und zwei
Überzieher für die Schuhe waren herausgekom-
men. Kevin bekam die Ehre, als Erster die neuen
Sachen anzuprobieren.

„Passt gut“ meinte er und drehte sich wie ein
Model mehrmals um die eigene Achse. Rasmus
nickte zustimmend. „Die werden uns eine Weile
warm halten und zudem Tarnung bieten, wenn
wir zur Basis marschieren.“

An zwei der Kapuzen befanden sich noch die
Ohren der Bären und es wurde auch versucht die
Tatzen mit zu verarbeiten, was nicht recht funkti-
onieren wollte.
Kevin reichte nun auch Kira einen solchen Pelz-
mantel und triumphierte innerlich. Da dieser Hagelstolz und sein Kumpan einfach abgehauen

waren, konnte er sich bei der Wissenschaftlerin anbiedern.

Den Intelligenzunterschied zwischen ihnen sah er als nicht problematisch an, schließlich gab es hier nichts, worüber man hochtrabend diskutieren konnte. Jetzt waren eher Steinzeit-Skills gefragt, die sich zum Überleben weitaus besser eigneten. Auch Rasmus wählte einen der Eisbärenanzüge und überließ seine Polarkleidung dem dicken Bootsmann, dem sie bedenklich über dem Bauch spannte. Nun waren alle gegen die Kälte ausreichend geschützt und bereit, zur Mirny-Basis zu marschieren. Sie warteten nur noch auf Hagelstolzs Meldung.

Skyla und Komodo betrachteten gespannt den Monitor, doch alles, was sie sehen konnten, war Eis und Schnee. Kein Zeichen von feindlichen Aktivitäten

„Mir gefällt das nicht", sagte die Tupolew in die Stille hinein. „Irgendwas ist hier faul, das spüre ich."

Als ein Klirren ertönte, schreckte sie hoch und begann sogleich, ihre APU zu starten. „Da ist jemand!"

Komodo griff nach seiner Waffe, eine russische Armeepistole vom Typ Udav Nova 2, entwickelt aus der alten Udav, die er stets am Gürtel trug. Sie besaß eine hohe Durchschlagskraft und durchdrang sowohl Schutzwesten als auch leichte

Panzerungen.

„Komm raus, aber dalli!", rief Komodo in die Richtung, aus der das Geräusch kam.

„Onkel, ich bin es doch, Silas. Nimm die Waffe weg." Ein drahtig aussehender Junge von etwa vierzehn Jahren trat hervor. Komodo ließ die Knarre sinken und blickte den Neuankömmling streng an. „Silas Verstappen! Wie bist du hier hereingekommen? Was treibst du überhaupt hier?"

Der Junge lachte. „Als ihr an den Befestigungen rumgebastelt habt, bin ich heimlich reingeschlichen. Nette Bude, muss ich schon sagen."

Dann wurde er ernst. „Und ich dachte mir, ihr könntet noch einen Mitstreiter gebrauchen."

„Du bist vierzehn, das ist dir schon klar, oder?" Jetzt mischte sich auch Skyla ein. „Wenn er will, dann lass ihn doch."

Silas kicherte wieder. „Siehste, Onkelchen. Auch dein Flugzeug ist einverstanden."

Skylas Miene verdüsterte sich, während sie ihr Hilfstriebwerk herunterfuhr. „Ich glaube, du bist mir eine Erklärung schuldig, Komodo."

Der trat vor die Tupolew und wies auf Verstappen. „Skyla, das ist mein Neffe Silas. Sein Vater ist Niederländer und sein Großvater war einst ein sehr berühmter Rennfahrer."

„Silas, das ist Skyla. Sie ist nicht mein Flugzeug, sondern unsere Anführerin."

Der Junge schaute erstaunt zu der Maschine hoch.

„Ist ja krass abgefahren."
Die Tupolew betrachtete ihrerseits den Teenager und erinnerte sich. Es gab früher einmal ein Autorennen namens Formel Eins, welches etwa bis 2027 existierte, ehe es von den Klimaschützern verboten wurde. Die Rennfahrer wurden quasi über Nacht von Helden zu Staatsfeinden erklärt und nicht wenige mussten untertauchen.
Sie wischte diese Gedanken beiseite, denn es stand immer noch die Frage im Raum, wieso der Kleine hier so einfach eindringen konnte.
„Und das ist wirklich dein Neffe und kein verkleideter Feind? Und wie kommt er hierher?"
„Ja, ist er, dafür lege ich meine Hand ins Feuer", erwiderte Komodo. „Er wollte schon immer bei der Rebellion mitmachen, doch ich war aufgrund seines Alters dagegen. Allerdings hat er es geschafft als blinder Passagier an Bord der Firestar hierher zu kommen."
Skyla lachte hell auf. „Unterschätze niemals den freien Willen."
Silas ging näher an die Tupolew heran, um sie genauer in Augenschein zu nehmen, was Skyla absolut nicht verwunderte. Die heutige Generation an Jugendlichen der Vereinigen Staaten Europas kannte schließlich keine großen Passagierflugzeuge mehr. Als der Junge sie jedoch berühren wollte, war es mit ihrer guten Laune schlagartig vorbei.

„Ich gehe lieber raus und mache noch einen
Rundflug, denn mir ist es zu ruhig.“

Sie startete ihre Triebwerke und rollte aus
dem Hangar. Silas wollte ihr nachlaufen, als
Komodo ihn zurückhielt.

„Was soll das, Onkel? Ich wollte fragen, ob
ich mitfliegen darf.“
Der Österreicher verdrehte die Augen. „Das wird
nicht möglich sein. Fasse sie bitte nicht an.“
„Warum nicht?“, fragte Silas verwundert.
Komodo wartete, bis er sicher war, dass Skyla ihn
nicht mehr hören konnte, ehe er Antwort gab.
„Sie mag keine Berührungen, weil sie sehr
schlechte Erfahrungen gemacht hat.“
„Ich verstehe. Schade.“
„Ja, man hat sie schwer misshandelt.“ Komodo
erinnerte sich noch mit Schaudern daran, als er
die frischen Verletzungen an ihrem Bauch das
erste Mal zu Gesicht bekam. Er hatte versucht, sie
zu reparieren, was nach wenigen Minuten dazu
führte, dass die Tupolew schreiend aus dem Hangar flüchtete. Das war noch in Europa gewesen.
Er durfte immerhin auch einmal mit ihr mitfliegen, bis sie auch das nicht mehr zuließ. Das jedoch verschwieg er seinem Neffen lieber, sonst
kam dieser noch auf dumme Gedanken.
„Und kann man ihr diese Angst nicht irgendwie
nehmen?“, bohrte Silas weiter.
„Ich wüsste nicht wie.“
Beide sahen nach oben, als Skyla direkt über sie

46

hinwegflog. „Sie ist so wunderschön“, meinte Komodos Neffe träumerisch. Er hätte es nie zu träumen gewagt, einmal einer echten KI, die auch zu Gefühlen fähig war, zu begegnen. In den VSE existierten zwar künstliche Intelligenzen und auch ziemlich weit, aber von den Fähigkeiten dieses Flugzeugs waren sie noch meilenweit entfernt.

Die Tupolew überflog das Gebiet in einem engen Radius, um in der Nähe der Basis zu bleiben und hielt Ausschau nach unerwünschten Eindringlingen. Erkennen konnte sie jedoch nichts, da die beiden Soldaten im Schnee eingegraben waren und sich nicht bewegten.
„Das ist dieselbe Maschine, die mich an der Küste überraschte“, flüsterte Siebeck Hagelstolz zu. „Sie wird uns sehen, wenn wir uns rühren. Wir sollten warten, bis sie wieder abdreht. Oder wir schießen sie ab, aber dann sind die Eisrebellen gewarnt.“
Hagelstolz lag ruhig in seinem Schneebunker und beobachtete, wie die aufgehende Sonne die Mirny-Basis beschien. Das gleißende Licht hätte jeden anderen geblendet, doch sein Gesichtsschild filterte die überschüssige Helligkeit und UV-Strahlung heraus, sodass er einen klaren Blick behielt. Gerade wanderte der Roboter wieder auf seinem Rundkurs an der Basis vorbei. Hagelstolz folgte dem Androiden mit finsteren Blicken und als dieser um die Ecke eines der

Bungalows verschwand, zog er sein Smartkom heraus und funkte Rasmus an.

„Rasmus?", kam die knarzende Stimme des Kapitänleutnants aus den Ohrhörern.

„Hier ist Hagelstolz, wir haben die Basis erreicht und ausgekundschaftet. Wir haben zwei Lebenszeichen und diverse Roboter ausgemacht. Nutzen Sie das Tageslicht, um sich der Basis zu nähern. Ungefähr auf halber Strecke befinden sich einige Laufdrohnen, die offenkundig als Fernaufklärer fungieren."

„Ah, gut", flüsterte Rasmus in sein Smartkom, „und was sollen wir mit den Drohnen machen?"

„Sie gar nichts", antwortete Hagelstolz, „ich schicke Ihnen Siebeck zurück, der wird die Drohnen ausschalten und Ihre Gruppe auf halber Strecke abpassen und herführen. Das sollte nicht länger als ein paar Stunden dauern, dann können wir das restliche Tageslicht für unseren Angriff nutzen."

„Gut", bestätigte Rasmus, „wir machen uns sofort auf den Weg."

„Hagelstolz aus." Der Hauptmann deaktivierte das abhörsichere Smartkom und nickte Siebeck zu. Dieser hob bestätigend den Daumen und machte sich sofort auf dem Bauch kriechend auf den Rückweg.

Rasmus versammelte die Überlebenden um sich. „So Leute, jeder nimmt sich eine Waffe. Wir haben mehr als genug aus den Vorräten der Ret-

tungsboote. Jeder packt so viele EPA ein, wie er
tragen kann. Wir machen uns auf den Weg nach
Westen zur Mirny-Forschungsstation. Siebeck
wird uns auf der Hälfte des Weges treffen und
uns dann führen" erklärte der Kapitänleutnant,
ehe er in den Befehlston wechselte. "Und los!
Wir werden überleben!"
"Ja, Sir!", antworteten mehrere Matrosen.
Kevin Kahl nahm eine der Heckler&Koch Ma-
schinenpistolen aus der Waffenkiste. Er konnte
mit dem Ding zwar nichts anfangen, aber das
würde er keinen wissen lassen. Die Blöße würde
er sich vor Kira nicht geben. Er verließ mit der
Waffe und einer Tasche voller EPA Packungen
das Zelt. Draußen wehte ein eiskalter Wind, der
feine Eis- und Schneepartikel mit sich führte, die
schmerzhaft in die Haut schnitten. Kevin fühlte
sich in seinem Eisbärenpelz recht wohl, bis nach
knapp zehn Minuten das frisch gehäutete Fell
gefror. Da das Leder weder gegerbt noch richtig
von Fleisch und Fettresten befreit worden war,
befand sich in der schwarzen Haut der Polarbären
noch viel Flüssigkeit, die jetzt natürlich gefror
und die Kleidung steif machte. Ein unangeneh-
mes Gefühl, doch Kevin sagte sich, da konnte nur
ein echter Mann bestehen.
Kapitänleutnant Rasmus stellte die Überlebenden
in einer Reihe auf und befahl den demoralisierten
Männern und Frauen den Abmarsch. Kevin Kahl
folgte seinem Vordermann.

Kira Hanuffson trug einen Rucksack mit Vorräten auf den Rücken geschnallt und hielt eine H&K MP 25 in den behandschuhten Händen. In der Tasche ihrer Kleidung hatte sie noch eine USP 2.4 und ein paar Streifen Munition eingesteckt. Sie hoffte, dass sie ihre Waffen nicht verwenden musste, doch war sie bereit und willens ihr Leben mit allen gebotenen Mitteln zu verteidigen. Sie hatte sich die Pistolen genau angeschaut, sonderlich kompliziert schien der Gebrauch nicht. Es würde schon reichen.

„Mich werden die Rebellen nicht umbringen!", beschloss sie wütend. Dann stellte sie sich in die Reihe der Überlebenden und sie marschierten los, durch Eis, Schnee und Geröll immer nach Westen, die schnell wandernde Sonne dabei im Rücken.

Jannes Siebeck schlich langsam durch die unwirtliche Landschaft des Königin-Marie-Landes auf eine der Laufdrohnen der Rebellen zu. Das mit einer Maschinenpistole ausgerüstete vierbeinige Ding erinnerte an einen Hund, war jedoch um einiges tödlicher. Siebeck wusste aus leidvoller Erfahrung, dass die Geräte mit einem Sprengsatz versehen waren. Er war jetzt bis auf zwanzig Meter an die Drohne herangekommen und legte sich nun auf den Bauch, um den Rest der Wegstrecke kriechend zurückzulegen.

Vorsichtig robbend erreichte er die Maschine und aktivierte seinen EMP-Chip. Die Drohne verharrte in ihrer Position. Es gab nur eine Möglichkeit herauszufinden, ob sie ausgeschaltet war. Siebeck stupste sie an, worauf das Ding steif umfiel und reglos liegenblieb. Jetzt war es an der Zeit die Umgebung zu sichern und eventuell vorhandene weitere Gegner auszuschalten.
Rasmus und die restlichen Überlebenden kämpften sich in der Zwischenzeit einen Hügel hoch. Die Sonne hatte mittlerweile ihren Zenit überschritten und schien ihnen mit voller Kraft ins Gesicht. Die Sonnenbrillen aus den Vorräten der Rettungsboote verhinderten zwar, dass sie binnen Minuten schneeblind wurden, aber dennoch sahen sie kaum etwas. Auch tränten die Augen, was die Sicht ebenfalls verschlechterte.

Rasmus bekam fast einen Herzinfarkt, als sich plötzlich, aus dem Nichts, die Gestalt des Gefreiten Siebeck formte und dieser ihn grüßte.
„Guten Morgen, Herr KaLeu. Wie ich sehe, haben Sie es gut bis hierher geschafft. Ich bin begeistert."
Rasmus schnappte nach Luft und hielt sich die Brust. Der Teufel sollte diese Spezialeinheitentypen holen.
„Was gibt es Mann!", knurrte er wütend. „Wenn Sie sich noch einmal so an mich heranschleichen, können Sie mich gleich beerdigen!"
„Verzeihung, Herr KaLeu", schmunzelte der Ge-

freite. „Das war nicht meine Absicht. So, Sie haben es bald geschafft. Es dürften noch knapp fünf Kilometer sein. Wir schaffen das noch gut, bevor die Sonne untergeht. Folgen Sie mir, ich habe die Spähereinheiten ausgeschaltet. Von hier bis zu Basis ist alles sicher." Dass die Station selbst alles andere als sicher war, verriet er nicht.

Kevin stapfte über die Zig-Dutzenden Eisbrocken auf dem Weg zu dieser verdammten Basis und keuchte ohne Unterlass. Die kalte Luft ließ seinen Atem kondensieren und zusammen mit dem Schnaufen sah er fast aus wie eine in Eisbärenpelz gehüllte Dampflok. Zumindest hatte er mal Videos von Dampfloks gesehen. Diese Technologie von vor zwei Jahrhunderten war so antiquiert, dass man heute nicht mal mehr wusste, dass sie existiert hatte, wenn man nicht zufällig ein MerchDocVid darüber anschaute.

Dieser verdammte Siebeck war wie aus dem Nichts aufgetaucht und jetzt marschierten sie noch schneller, um hinter dem verdammten Gefreiten herzukommen. Woher nahm der nur die Energie für diesen Eilmarsch. Kevin hielt sich mit letzter Kraft auf den Füßen und hielt den Blick starr auf den Hintern von Kira gerichtet. Das war das Einzige, was ihn weitergehen ließ. Dann plötzlich hielten sie an. Siebeck ging die Reihe entlang und redete mit jedem Einzelnen. Einer nach dem anderen ließen sich die Leute zu Boden sinken und legten sich auf den Bauch. Auch Kira legte sich auf den Boden, was Kevin mit einem langen Blick auf ihren Hintern quittierte. Dann kam der Gefreite zu Kevin.

„So Mann, auf den Bauch, der Rest liegt schon, wir werden die letzten paar hundert Meter kriechen, damit uns niemand entdeckt“, befahl der Gefreite.

Kevin wollte widersprechen, so ein dahergelaufener Gefreiter konnte ihm schließlich keine Befehle erteilen. Er war schließlich Obergefreiter und damit einen ganzen Rang höher als dieser unsägliche Siebeck. Während sich in Kevin Kahl dieser Gedanke formte und er den Mund öffnete, um zu widersprechen, trat ihm Siebeck die Beine unterm Körper weg. Er stürzte schwer zu Boden. Dann beugte sich Siebeck zu ihm runter.

„So, jetzt hören Sie mir mal zu, Sie Deckmade. Wenn Sie in Zukunft noch einmal zögern, die Befehle, die Sie bekommen auszuführen und unser aller Leben damit gefährden, dann werde ich Sie eigenhändig mit meinem Messer abstechen. Kapiert, Mann?“

Kevin schnappte schwer nach Luft und nickte verzweifelt, denn der Blick des Soldaten vor ihm war voller Verachtung und eiskalt. Er glaubte dem Elitesoldaten jedes Wort.

Siebeck überflog danach die Linie der im Schnee liegenden Überlebenden. Der Obergefreite vor ihm im Schnee, dem er die Beine weggetreten

hatte, konnte seinen gierigen Blick immer noch nicht von Kira Hanuffson abwenden. Das gefiel Siebeck ganz und gar nicht. Nicht, dass er ein romantisches Interesse an Kira gehabt hätte, aber er kannte diesen Blick, den das Schwein zu seinen Füßen drauf hatte. Er würde den Typen im Auge behalten müssen. Jetzt mehr als alles andere. Siebeck gab leise den Marschbefehl, setzte sich an die Spitze und wie ein Tausendfüßler bewegten sie sich durch die winterliche Landschaft. Knapp eine Stunde später waren sie bei Hagelstolz angelangt und gruben sich dort in den Schnee. Schnell waren sie alle getarnt und warteten nun darauf, was der Kapitänleutnant und der Hauptmann beschlossen. Hagelstolz informierte den ranghöchsten Offizier der Überlebenden des WEI Sammel- und Eskortverbandes.
„Wir werden den Roboter auf Ihr Zeichen hin mit gezielten Schüssen ausschalten und dann stürmen wir die Basis. Diese ist hundert Meter weit entfernt, die Lebenszeichen befinden sich momentan in diesem Gebäude hier", Hagelstolz deutete auf die Station, „Wir werden also bis dort fast eine halbe Minute brauchen, schneller läuft hier keiner. Siebeck wird uns Deckung geben, während ich, Sie, Herr KaLeu und der Rest loslaufen und die Feinde überraschen. Halten Sie sich genau hinter mir, ich weiß den Weg durch die Fallen, die die Rebellen angelegt haben. Sehen Sie hier." Hagelstolz zeigte dem Kapitänleutnant den Scan

von der Basis. In Rot waren Löcher im Boden
eingezeichnet.
Rasmus nickte: „Gut, wir folgen Ihnen durch den
Fallgrubengürtel und dann zeigen wir dem Rebel-
lenabschaum, was er verdient!“
„In Ordnung, ich informiere den Rest“, sagte der
Elitesoldat und kroch durch den Schnee zu den
verschiedenen Löchern, in denen die Überlebenden lagen und warteten.

Kira verharrte ebenfalls in ihrem Schneeloch, als
plötzlich Hagelstolz neben ihr in die Grube glitt.
„Huch, du hast mich erschreckt“, keuchte die
Wissenschaftlerin.
„Verzeihung“, sagte der Offizier und lächelte sie
an. „Das war nicht meine Absicht. Wir greifen
auf das Zeichen des KaLeu hin die Basis an.
Wichtig ist, dass Sie genau hinter den anderen
bleiben. Weichen Sie nicht vom Pfad ab, es sind
diverse Fallgruben um die Basis angelegt worden.“
Der Hauptmann blickte auf die Waffe in Kiras
Händen.
„Wissen Sie, wie man die verwendet?“, fragte er.
„Nun ehrlich gesagt nicht“, antwortete Kira. „Ich
habe mir ihre Funktionsweise erschlossen. Das
hier ist die Sicherung, das der Feuermodiselektor
und der Rest ist selbsterklärend.“
„Sehr gut“, grinste Hagelstolz und klopfte ihr auf
die Schulter. „Sie schaffen das. Ich erkenne einen

Kämpfer, wenn ich ihn sehe." Er kroch aus Kiras Schneeloch und informierte den Rest.

Kevin lag in seinem ganz persönlichen Gefängnis aus Furcht und Eis. Wie sollte er nur diesen Angriff überleben. Er machte sich vor Angst fast in die Hosen. Dann kam der Befehl zum Angriff. Neben ihm erschien auf einmal Siebeck und trat ihn aus dem Schneeloch.
„Los, rennen Sie!", befahl er.
	Und Kevin lief. Seine Lungen brannten regelrecht aufgrund der eiskalten Luft, doch wollte er sich keine Blöße vor den anderen geben, schon gar nicht vor dem Elitesoldaten. Er musste Kira beweisen, dass er es ebenfalls draufhatte. Da, schon wieder balzte sie mit diesem Hagelstolz. Am liebsten würde er diesem Kerl die Rübe runterschießen und seinem Lakaien Siebeck gleich mit. Aber aufgeschoben war nicht aufgehoben. Neben ihm lief einer der unerfahreneren Mitstreiter, erkennbar daran, dass er zur Seite ausschwenkte und ehe er es sich versah, klappte unter ihm der Boden weg. Schreie zerrissen die Luft, als der Mann in eine mehrere Meter tiefe Grube stürzte und dort von spitzen Eisstacheln aufgespießt wurde.
„Verdammter Mist", brüllte Kevin und schaute nach, ob er noch etwas tun konnte. Vergeblich, das Opfer rührte sich nicht mehr.
„Alle hinlegen!", befahl Rasmus, als er Trieb-

werksgeräusche vernahm. Warum hatte ihn Hagelstolz nicht davor gewarnt, dass dieses Überwachungsflugzeug schon wieder seine Kreise zog? Wollte er ihn absichtlich ins Messer laufen lassen?
Flach an den Boden gepresst beobachteten sie, wie die Maschine über sie hinwegflog.
„Dreh endlich ab, du Mistding", fluchte der Schwede in Gedanken. Dann aber kam ihm eine Idee. Wenn sie auch das Flugzeug erobern konnten, könnten sie nach Abschluss der Mission damit heimfliegen und mussten nicht noch einmal diesen Gewaltmarsch durch Schnee und Eis auf sich nehmen. Seine Beine wurden langsam klamm und der Eisbärenfellanzug klebte unangenehm an ihm. Hoffentlich gab es in einem der Schuppen da vorne auch anständige Klamotten, sonst holte er sich noch den Tod und andere schlimme Krankheiten.
Als die Tupolew sich entfernte, rief er seine Leute zu sich. „Alle mal herhören. Nicht auf das Flugzeug schießen, denn das werden wir übernehmen. Dann heißt es beheizte Kabine anstatt Frostbeulen." Seine Worte riefen natürlich unbändige Freude hervor.
„Ja, meine Rechte ist schon ganz steif", meinte einer und zog sich den Handschuh aus. Schwarzgefärbte Fingerkuppen kamen zum Vorschein.
„Das sieht böse aus", sagte Kevin erschrocken und bewegte sogleich seine eigenen Hände, um

sich zu vergewissern, dass noch Gefühl drin war.
„Ein Grund mehr, uns zu beeilen", setzte Rasmus
hinzu. „Aber wie zwingen wir das Flugzeug zur
Landung?"
„Genau so", rief Kevin und riss seine Pistole
hoch. Rasmus schlug sie ihm aus der Hand.
„Bist du blöd?" Dennoch löste sich ein Schuss,
der zwar niemanden traf, aber in der weitläufigen
Gegend gehört werden konnte.

Skyla überflog immer wieder das Gelände. Irgendwas war hier im Busch, auch wenn sie niemanden sah. Sie konnte natürlich nicht wissen,
dass die Angreifer sich immer nur dann vorwärts
bewegten, wenn sie gerade abgedreht hatte. Dann
aber zerriss ein Knall die Luft, zudem erblickte
sie auch die ausgelöste Falle sowie Spuren im
Schnee.
　　„Ach du Kacke!" Schnell wendete sie, um zu-
rückzufliegen, zu landen und Bescheid zu sagen.
„Komodo! Komodo!", rief sie, noch im Rollen.
„Wir werden angegriffen!"
Der Österreicher packte seine Waffe fester und
winkte seinen Neffen heran.
　　„Es geht los. Versteck dich."
„Kommt nicht infrage", empörte sich Silas.
„Komm, gib mir eine Knarre und lass mich mit-
kämpfen. Ihr braucht jeden Einzelnen hier."
Widerwillig nickte Komodo und reichte ihm eine
Pistole, vom selben Typ wie seine eigene.

„Aber halt dich im Hintergrund. Keine Heldentaten, klar?“
„Okay“
„Abwehrsysteme aktivieren!“, rief Skyla und sofort schwärmten einige Laufdrohnen aus einer der kleineren Baracken aus, gleichzeitig fuhren mehrere Eisblöcke rings um den Hangar in die Höhe, um Deckung zu bieten. Shadow Blade sprang heran und verschanzte sich hinter einer davon. Komodo und Silas jeweils hinter einer anderen, während Skyla hinter den Hangar rollte, um noch einmal aufzutanken. Dabei hoffte sie, dass die Angreifer niemals das Treibstofflager fanden. Als sie fertig war, versteckte sie sich an der Seite der Halle hinter dem größten der Eisquader, ihre Triebwerke ließ sie laufen. Die beiden Sägeblattwerferdrohnen traten zu ihr.

„Ich verstehe nicht, was Sie haben“, maulte Kevin zu Rasmus und hob sein Schießeisen auf. „Hat doch geklappt, der Flieger ist abgehauen.“
„Aber dafür sind die Rebellen jetzt alarmiert“, erwiderte er und zeigte auf den Trupp Drohnen, der auf sie zustürmte.
„Es geht los!“, schrie er. „Alle in Angriffsposition!“
Sie spritzten auseinander, um nicht dicht an dicht zu liegen, dann eröffneten sie das Feuer auf die Laufmaschinen, die ihrerseits zurückschossen. Schnell lichteten sich die Reihen der Drohnen,

doch einige rannten immer noch weiter. Eine sprang den dicken Bootsmann an und ehe sich dieser versah, explodierte sie. Eine Wolke aus Blut, Fleischfetzen und Stoffteilen war alles, was von dem Matrosen übrigblieb. Etwas weiter entfernt krachte es erneut, denn einer der Soldaten war in eine Sprengfalle getreten.

„Wir müssen uns aufteilen!", brüllte der schwedische KaLeu. „Kahl, Köhler, Donath, Nees, Juhziz, McFive und Rank, Ihr kommt mit mir, wir versuchen, uns von hinten anzuschleichen. Der Rest greift weiter von vorne an. Gebt uns Deckung."

Ein mehrstimmiges „Verstanden, Sir!", erscholl, ehe sich das Grüppchen besagter Männer um Rasmus versammelte.

Sie begannen, sich im Kriechgang längsseits der Basis zu nähern.

Komodo hatte gerade zwei der Angreifer erledigen können, als er einen Schlag, wie von einer Peitsche an seiner linken Schulter verspürte, der ihn regelrecht umwarf. Instinktiv langte er an die Stelle und als er auf seinen Handschuh blickte, war dieser komplett rot.

„Verdammt!", knurrte er. Ein Treffer was das Letzte, was er jetzt gebrauchen konnte. Er riss mit der Rechten ein Verbandspäckchen aus seiner Jackentasche und wickelte die Binden um die Wunde, ehe er mit zusammengebissenen Zähnen aufstand, um weiterzukämpfen.

„Skyla, es hilft nichts, wir müssen Shadow Blade einsetzen"

Die Tupolew war davon weniger begeistert. „Es ist noch hell, da kann er seine Vorteile nicht ausspielen."

„Wenn wir zu lange warten, wird es keine Vorteile mehr geben. Was das insbesondere für dich bedeutet, brauche ich wohl nicht weiter auszumalen."

Zerknirscht musste Skyla zugeben, dass er recht hatte und gab dem Roboter den Befehl zum Angriff. Shadow Blade sprang sofort hinter seiner Deckung hervor und feuerte die ersten Shuriken in die Richtung, wo er die angreifenden Soldaten vermutete. Spritzendes Blut verriet ihm, dass es wieder einen erwischt hatte. Mit einem Satz war er auf dem Dach des Hangars und schoss weitere Ninjasterne ab, die mit rasender Geschwindigkeit auf die Gegner zu sausten. Schnell lichteten sich die Reihen der Angreifer.

Rasmus und seine Männer schlichen weiter und wunderten sich, dass sie auf keinerlei Gegenwehr stießen.

„Die Rebellen sind ganz schön doof und bewachen ihre Flanken nicht", kicherte Kevin.

Der KaLeu gebot ihm mit einer Handbewegung zu schweigen.

„Das könnte die Ruhe vor dem Sturm sein. Da unten steht übrigens das Flugzeug." Er wies auf die Maschine, die sich seitlich des Hangars

befand und so aussah, als würde sie die Schlacht
beobachten. Seltsam war es schon, denn so stellte
man normalerweise keine Flugzeuge ab. Etwas
weiter hinten war auch die Eispiste zu erkennen,
die offensichtlich als Startbahn diente. Wenn sie
die zerstörten, war der Tupolew der Weg abge-
schnitten und es sollte dann kein Problem mehr
darstellen, die Maschine zu erobern.
„McFive und Nees, seht ihr den Runway dahin-
ten? Vernichtet ihn!", befahl Rasmus den beiden.
Sie salutierten und machten sich auf den Weg.
„Das werdet ihr bleibenlassen!", ertönte hinter
ihnen eine blecherne Stimme, gefolgt von einem
tiefen Lachen. Die Soldaten drehten sich um und
glaubten, ihren Augen nicht trauen zu können.
Ein Mech stand hinter ihnen, auf dessen Brust
sich ein lachender Totenschädel mit rotglühenden
Augen befand. Der schwedische KaLeu war we-
nig beeindruckt und verzog verächtlich die
Mundwinkel, zwei seiner Soldaten jedoch, Köhler
und Rank, rutschte das Herz in die Hose. Panisch
sprangen sie auf und wollten davonrennen, als der
Kampfläufer sein Schnellfeuergewehr aktivierte
und die beiden Fliehenden in ein Sieb verwandel-
te. Als Rasmus zurückfeuern wollte, war der
Mech mit einem Mal verschwunden. Er zog jedoch sofort die richtigen Schlüsse. „Der Schrott-
haufen ist getarnt, achtet auf die Fußabdrücke!"
In der Tat war auch der Einsatz dieser Kampfma-
schine auf die Dunkelheit ausgelegt. Die Soldaten

62

feuerten aus allen Rohren und nach einer schier unendlich lang anmutenden Zeit, sackte der Mech in sich zusammen. Der Totenschädel fiel ab und rollte Kevin vor die Füße.

„Wahhhh!", kreischte er und kickte das Ding weg. „Der ist echt."
Rasmus hob das Ding auf. „Tatsächlich. Echte Menschenknochen."

Seine Wut auf die Rebellen wuchs noch weiter, da diese offenbar keinerlei Achtung vor Menschen zu haben schienen.

„Wer auch immer das verzapft hat, wird sich auf dem Richtplatz wiederfinden, das schwöre ich", knurrte er wütend. „Los Männer, weiter gehts!"
Er blickte nochmals zu dem Flugzeug und erkannte, dass dieses seine Position geändert hatte. Jetzt stand es mit den laufenden Triebwerken in ihre Richtung zeigend.
„Schnappen wir es uns!", rief Donath und rannte los. Rasmus wollte ihn noch zurückhalten, doch es war zu spät. Die Turbinen fuhren auf volle Kraft hoch. Der Unglückliche wurde von dem Jet Blast erfasst und etliche Meter weit weggeschleudert, wo er auf einen großen Stein prallte und mit verdrehtem Kopf liegenblieb. Rasmus rannte zu ihm, doch da kam jede Hilfe zu spät.

„Exitus durch Genickbruch", stellte er fest und schloss dem Toten die Augen.

Skyla hatte sehr wohl bemerkt, dass sich da irgendwelche Subjekte von hinten an sie heranpirschen wollten und erschuf einen Orkan aus Abgasen, vermischt mit scharfkantigen Eiskristallen. Dann rollte sie vorwärts, um besser manövrieren zu können, als plötzlich zwei Gestalten vor ihr auftauchten. „Stehenbleiben und Motoren aus!“, brüllten sie und fuchtelten mit ihren Waffen herum.

„Das könnt ihr vergessen!“, fauchte die Tupolew und hielt genau auf die Kerle zu, um sie zu überfahren. Nees und McFive konnten gerade noch so zur Seite springen.

Skyla wendete, um es erneut zu versuchen, als es mit einem Mal eine riesige Explosion gab. Der Eisblock, der ihr als Deckung diente, war in viele kleine, spitze Eissplitter zersprungen. Einer traf sie direkt an der Stirn und riss dort die Haut auf. Ein Mann mit einem rauchenden Raketenwerfer stand da und hatte seinen stechenden Blick direkt auf sie gerichtet.

„Bleibt stehen und schaltet die Triebwerke ab! Sonst puste ich euch weg!“, befahl er, während sein Raketenwerfer automatisch nachlud. „Wirds bald?“

Die anderen Soldaten schlossen zu ihm auf und richteten nun ihrerseits die Pistolen auf das Cockpit der Maschine. Plötzlich kam ein Sägeblatt geflogen und traf Nees genau am Hals. Blut

spritzte heraus, der Mann griff noch danach, ehe
er umfiel.

Rasmus drehte sich blitzschnell um und sah sich
zwei Laufdrohnen gegenüber. Er zog seine Pistole und knallte eine ab, während die Zweite von
Juhziz erledigt wurde, der allerdings im selben
Moment unter die Räder des Flugzeugs geriet und
zermalmt wurde.

Der KaLeu richtete erneut seinen Raketenwerfer
auf die Tupolew. „Ich zähle bis drei, dann seid Ihr
ausgestiegen. Eins, zwei ...“

„Ähm, Sir, da ist niemand drin“, meinte Kevin.

Rasmus schaute genauer hin. „Scheiße, du hast
Recht. Das Ding ist computergesteuert!“

Das erschwerte sein Vorhaben merklich. Wie soll
man mit einer KI reden? Er versuchte es noch
einmal in harschem Befehlston.

„Schalte deine Motoren ab, ich befehle es dir! Du
bist eine Maschine und hast mir als Menschen zu
gehorchen.“

Skyla bekam es langsam mit der Angst zu tun.

Der Kerl hatte herausgefunden, dass sie niemanden an Bord hatte, sondern alleine agierte. Was
hinderte ihn jetzt noch daran, sie einfach abzuschießen?

McFive hatte sich unterdessen an ihr linkes
Hauptfahrwerk gepirscht und legte Steine davor.

Als er noch eine Kette befestigen wollte, geriet
die Tupolew in Panik und rief um Hilfe.

Shadow Blade, der unterdessen die meisten der

Feinde erledigt hatte, hörte Skylas Schreie und eilte zu ihr.

Silas gelang es, ebenfalls ein paar der Soldaten zu töten, als Komodo neben ihm zusammenbrach.

„Onkel, was ist mit dir?" Er sah den durchgebluteten Verband und auch, wie viel Blut da schon herausgesickert war. „Scheiße. Ich glaube, wir sind verloren."

Da spürte er auch schon die Mündung einer Pistole an seinem Kopf. Es war Siebeck.

„Ergebt euch", sagte der.

Shadow Blade trat langsam auf Rasmus zu und jetzt war er es, der Muffensausen bekam. Jeden Moment konnte der tödliche Wurfstern in Schallgeschwindigkeit auf ihn abgefeuert werden. Kevin und McFive hingegen hatten die Kette an Skylas Bein gepackt und wurden von ihr durch den Schnee gezerrt.

„Kann uns mal jemand helfen, das Ding hier zu bändigen?"

Der Verband der B2 „Max Destroyah" Stealth Bomber überflog mittlerweile das Weiß in Weiß des antarktischen Kontinents. Captain Hopkins und Lieutenant Goßberg saßen in ihren Pilotensitzen und hatten die computergestützte Fly-by-wire Kontrolle über das Flugzeug übernommen. Das militärische GPS-System der amerikanischen Luftstreitkräfte zeigte, mit bis auf zehn Zentime-

66

ter skalierter Genauigkeit, die Position der Flieger an. Hopkins ging noch einmal die Checkliste durch und kontrollierte die Bordsysteme. Alles war grün. Der Bomber war bereit seine tödliche Fracht binnen dreißig Sekunden abzuwerfen. Die KI-kontrollierten Bomben waren zusammen mit denen der anderen vier Bomber zu einem KI-Verbund zusammengeschaltet worden, sodass der gemeinsame Abwurf ein extrem genaues, tödliches Flächenbombardement ermöglichte. Hopkins kontrollierte noch einmal die Bombenverschaltung. Die fünfundsiebzig SDBs der B2 würden als erste, zusammen mit denen der anderen Bomber aus den rotierenden Magazinen im Rumpf, abgeworfen werden. Danach kämen die KI-kontrollierten Smart Bomb Teppiche der Waycrest Serie und zusätzlich würden auf sichtbare Ziele die sieben JASSM- Bunkerbrecher abgeworfen werden.

Hopkins lehnte sich in seinem Sitz zurück und atmete tief durch. Bald war es soweit.

Siebeck richtete seine Pistole auf den Kopf des Jugendlichen, der neben dem verwundeten Mann kniete, unter dessen Körper sich eine immer größere, gefrierende Blutlache bildete. Das Bordeauxrot kontrastierte mit dem Weiß des Eises.

„Langsam jetzt!", befahl er mit ruhiger Stimme. „Mach keinen Unsinn."

„Junge …“, keuchte der Mann am Boden. „Hör auf ihn.“
Silas richtete sich langsam auf. Seine behandschuhten Finger krampften sich um die Waffe in seiner Hand. Dann wirbelte er herum und versuchte die Pistole auf Siebeck zu richten. Dieser reagierte mit der Effizienz des trainierten Spezialkommandos. Silas sank zu Boden.

Kapitänleutnant Rasmus analysierte die Situation in Sekundenschnelle. Der todbringende Roboter war dem Flugzeug zur Hilfe geeilt. Aber und das war das Wichtigste, er hatte noch nicht geschossen. Der schultermontierte Magnetwerfer war auf ihn gerichtet, aber der Android feuerte nicht. Warum nicht? Warum sollte die gnadenlose Maschine zögern und stattdessen auf ihn zulaufen?

„Weil sie keine Munition mehr hat!“, begriff Rasmus im selben Moment, in dem die Maschine zu einem Spurt ansetzte. Rasmus riss den Raketenwerfer herum und richtete ihn auf den Roboter, der jetzt nur noch fünfzehn Meter entfernt war. Das AGOR-Holovisier der Waffe wurde sofort grün, als die Rakete die Zielaufschaltung vornahm. Mit einem leichten Druck auf den Auslöser feuerte Rasmus.

Die panzerbrechende Rakete mit Doppelhohlladungsgefechtskopf sauste mit Mach 1 auf den Androiden zu und schlug in dessen Brust ein. Der

Sprengsatz des Gefechtskopfs zündete und die erste Hohlladung aktivierte die Reaktivpanzerung des Roboters und wurde abgewiesen. Dadurch hatte die zweite Hohlladung nun Zugriff auf die ungeschützte Brustpanzerung. Der hochdichte, mit einer Strahlgeschwindigkeit von 10km/s und einem Druck von 200 GPa extrem zerstörerische, Flüssigmetallstrahl durchschlug Panzerung und elektrische Systeme des Roboters. Auch die Akkumulatoren in der Brust wurden beschädigt, was zu einer rasanten Kettenreaktion führte. Mit einem dumpfen Donnern explodierte der Androide und verteilte Metallsplitter in der Umgebung.

Rasmus atmete tief durch und richtete dann wieder den Raketenwerfer auf das Flugzeug.

„Stopp oder du nimmst dasselbe Schicksal in Kauf wie diese Blechbüchse!"

Währenddessen hatten Kevin und McFive die Kette um einen Betonpoller geschlungen, sodass die Maschine nurmehr im Kreis fahren konnte.

Rasmus beobachtete es eine Weile und beschloss, es nicht zu vernichten. Darum konnte er sich später noch kümmern.

„Gut Männer. Sorgt dafür, dass dieses Flugzeug wirklich bombenfest am Boden kleben bleibt", befahl er und rannte Richtung Gebäude zurück.

Hauptmann Hagelstolz betrat die langgestreckte Halle, während hinter ihm Schüsse fielen und Fallen explodierten. Es waren noch einige elektromagnetische Quellen in dieser Halle feststellbar gewesen und um diese musste er sich jetzt kümmern. Siebeck, Rasmus und die anderen kämen locker alleine mit den Feinden zurecht.

Die Waffe im Anschlag, schlich er, einen Fuß vorsichtig vor den anderen setzend, durch das Gebäude. Zu sehen war erst einmal niemand. Dann vermeinte er, eine Bewegung auszumachen und eröffnete das Feuer. Die Uranmunition zerfetzte eine Roboterdrohne, die sich im Schatten eines Kistenstapels aufgehalten hatte. Jetzt brach die Hölle los. Die Maschinen hatten nur darauf gewartet, dass Hagelstolz seine Position verriet. Dutzende Kugeln trafen Hagelstolz und nur der Panzerung seines Tarnanzugs war es zu verdanken, dass er nicht löchrig wie ein Sieb zu Boden gestreckt wurde. Aber auch mit der Panzerung waren die Einschläge schmerzhaft. Hagelstolz erwiderte das Feuer. Sein zweiter Feuerstoß vernichtete einen weiteren Roboter, dann drehte er sich hinter einem Ausrüstungstisch in Deckung. Die Kugeln zerfetzten den Tisch und trafen ihn in Kopf und Rücken. Hagelstolz wirbelte hervor und zerlegte mit zwei präzisen Feuerstößen noch zwei Drohnen. Dann war es auf einmal still. Vorsichtig durchkämmte der Kämpfer die Halle, um sicherzugehen, dass sich nicht irgendwo noch ein Feind verbarg.

Rasmus erreichte das größte Gebäude des Komplexes und sah, dass es ein Hangar war. Er betrat diesen und sogleich fiel ihm ein einziges Chaos auf. Offenbar hatte ein Kampf stattgefunden. Schon kam ihm Hagelstolz entgegen.

„Alles gesichert", rief er ihm zu.

„Gut", antwortete Rasmus. „Wir haben draußen auch alles unter Kontrolle."

Komodo richtete den Blick auf den Soldaten im Tarnanzug. Gegen den blau-weißen Hintergrund war dieser kaum wahrzunehmen.

„Danke", sagte er und meinte es tatsächlich ehrlich.

„Klar", erwiderte Siebeck und blickte auf den zu seinen Füßen hingestreckten Jugendlichen. „Ihr Sohn?", stellte er die Frage.

„Neffe", lachte Komodo.
„Ah, ok", machte Siebeck. „Nun er wird Kopfschmerzen haben, wenn er wieder aufwacht, aber die Alternative wäre gewesen ihn zu erschießen. So hab ich ihm nur die Pistole über den Schädel gezogen."

Siebeck fesselte die beiden mit den Kabelbindern, die er dabeihatte. Dann blickte er sich aufatmend um. Die Schlacht war vorbei, der Feind besiegt.

Angus McFive betrat zusammen mit den restlichen Überlebenden, allzu viele waren es nicht mehr, den Flugzeughangar. Die KI-kontrollierte

Maschine auf dem Runway, drehte sich sinnlos und unter Absingen schmutziger Gesänge im Kreis und fluchte, dass einem die Ohren klingelten. Nun, bald würden dem Flugzeug Sprit und Energie ausgehen. Die Kette jedenfalls saß bombenfest am Landefahrwerk. Angus schaute sich jetzt das Innere der Hangarhalle an. Diverse elektronische Gerätschaften standen auf den Tischen und am Boden herum, darunter auch eine große Antennenanlage. Er erkannte sofort, worum es sich handelte: Ein geosynchroner Ablativstörsender, der Zielerfassung und Sicht auf die Basis verhinderte. Dank diesem Gerät waren die Eispiraten nicht per Satellit aufzufinden gewesen. Selbst Raketen oder Smart Bombs würden ein durch den Sender geschütztes Ziel nicht angreifen können.

„Was zur Hölle", flüsterte Angus. So ein GAS kostete locker hundert Millionen Dollar und wurde nur zur Sicherung von hochwichtigen Anlagen eingesetzt. Er wusste, dass die Atomflugzeugträger der Nimitz- und Washingtonserie mit GAS geschützt wurden, aber so ein Flugzeugträger war auch immens teuer. Wie waren die Rebellen an so ein Ding gekommen?

Angus wusste, was er jetzt zu tun hatte, auch wenn es ihm nicht leichtfiel. Aber es war klar, was von ihm erwartet wurde. Wenn der Raketenschlag die Basis traf, war es auch sein Ende. Er ging zum GAS und deaktivierte sie per Knopfdruck. Jetzt wurde die Station für jedermann sichtbar.

Hopkins blickte auf, als sich die holographische Karte aktualisierte und einen Signalton erzeugte.

„Goßberg", sagte er dann. „Sehen Sie, was ich sehe?"

„Aye, Sir. Da hat sich grade glatt die Mirny-Basis materialisiert. Und nur fünf Kilometer von der vermuteten Position entfernt. Was ein Glück."

„Das ist richtig. Wir sind nur noch zwei Minuten vom Abwurfort entfernt. Aktualisieren Sie die entsprechenden Parameter, Lieutenant", befahl Hopkins und aktivierte den Interkom.

„Suicide Bomb an Staffel, wir haben direkte Zielaufschaltung. Abwurfparameter werden aktualisiert. Kursänderung nach Vorgabe, bereitmachen für Abwurf."

Nacheinander kamen die Bestätigungen der vier anderen Bomber herein, dann wurde es Zeit. Hopkins erteilte der Bord-KI per Knopfdruck auf den Waffenschalter die Freigabe und die Bombenschächte öffneten sich und spien ihre todbringende Fracht aus. Die anderen Bomber taten es Suicide Bomb gleich. 375 SDBs nahmen Zielaufschaltung vor und rasten dem Boden entgegen. 75 Smartbombteppiche formierten sich und fielen in einer einzigen konzertierten Bewegung vom Himmel und nachdem die Ziele jetzt sichtbar waren, stürzten auch fünfunddreißig Bunkerbrecher auf die Gebäude der Basis nieder.

Knapp vier Kilotonnen TNT Äquivalent pulverisierten ein Areal so groß wie vier Fußballfelder. Unmengen an Staub, Eis und Felssplittern wurden in die Luft geworfen und eine riesige Wolke bildete sich über dem Einschlagsgebiet.

Dr. Cosack beobachtete auf einem Monitor, wie die Mirny-Basis vernichtet wurde, dabei lachte er hämisch. Zum Glück hatten ihn die automatischen Systeme kurz vorher vor dem Ausfall des GAS bei der Station gewarnt. Da musste irgendetwas ganz gehörig schiefgelaufen sein. Also hatte er sofort die von den GAS abgeschauten Täuschsysteme aktiviert und ein holographisches Mirny fünf Kilometer von der tatsächlichen Basis entfernt entstehen lassen. Damit war sein Plan, den er praktisch in letzter Sekunde durchführen konnte, aufgegangen.

Hagelstolz und Rasmus befanden sich gerade draußen vor dem Hangar und beobachteten die verzweifelten Versuche des Flugzeugs zu entkommen, als plötzlich gewaltiger Donner heranrollte. Dann wallte in ein paar Kilometern Entfernung eine riesige Explosionswolke in den klaren Himmel hinauf.

„Ach du Scheiße!", fluchte Rasmus. „Was zur Hölle war denn das jetzt?"

Skyla bemerkte die Detonation ebenfalls und geriet jetzt erst recht in Panik. Sie tobte und stieß dabei eine ganze Kaskade an Schimpfworten aus.

„Ihr Monosynaptiker, Ihr wurdet doch in der Geisterbahn gezeugt! Lasst mich los, verdammt! Elende Gruftelfen!"

Doch so sehr sie sich auch anstrengte, sie saß fest, angekettet wie ein Elefant im Buschcamp. Und wahrscheinlich erwartete sie auch dasselbe Schicksal. Parfümierte Plüschaffen durch die Gegend schleppen, die ihr die Kabine vollkotzten. Alles bloß das nicht.

Kevin Kahl hatte sich inzwischen umgezogen. Nun stand er in einigen Metern Entfernung und lauschte amüsiert dieser Sinfonie an Kraftausdrücken. Da waren Worte dabei, die selbst er, als rauer Seemann, noch nie zu Gehör bekommen hatte. Die Explosion war ihm egal, er nahm an, dass irgendeiner seiner Mitstreiter ein Treibstoffdepot in die Luft gejagt hatte. Erst als Rasmus erschrocken fragte, horchte er auf. „War das keiner von euch?"

Er zuckte mit den Schultern. „Da ist wohl ein Benzinlager hochgegangen. Gibts ja hier sicher."

Rasmus antwortete nicht, sondern ging zurück in den Hangar, um Komodo auszuquetschen. Man hatte ihn und seinen Neffen gefesselt auf Stühle in der Mitte des Raumes gesetzt, bewacht von Siebeck. Nun baute er sich vor den beiden auf.

„Was ist da explodiert? Raus mit der Sprache!"

Komodo hing mehr, als er saß, denn durch seinen Blutverlust war er sehr geschwächt. Seine Wunde war zwar versorgt worden, dennoch schmerzte es ziemlich.

„Keine Ahnung", stöhnte er. Sein Neffe neben ihm war noch immer bewusstlos und bekam gar nichts mit. An seiner rechten Kopfseite bildete sich eine dicke Beule.

Der Schwede brummte missbilligend. Wie sollte er die beiden verhören, wenn einer ganz weggetreten war und der andere halb? Er trat auf Komodo zu und rammte ihm die Faust in den Magen. Der Österreicher würgte und riss die Augen auf.

„Wo ist der Rest eurer Bande?", fragte der KaLeu mit einem drohenden Unterton in der Stimme. „Der irre Doktor und Skyla, eure Anführerin? Wo sind sie?"

Komodo stutzte kurz. Die Tupolew wurde doch ebenfalls gefangen gesetzt, er konnte ihre wütenden Ausrufe und heulenden Triebwerke bis hier her hören. Offenbar hatten die Kerle keinen blassen Schimmer davon, um wen es sich bei ihr wirklich handelte. Verraten würde er es ihnen jedenfalls nicht.

Diese Explosion bereitete allerdings auch ihm Sorgen. Wenn keiner der europäischen Soldaten dafür verantwortlich war, wer dann?

„Ich habe keine Ahnung, wo sich die beiden aufhalten und was da hochgegangen ist, weiß ich auch nicht“, antwortete er nach mehreren Minuten Stille.

Rasmus wandte sich Siebeck und Hagelstolz zu. „Wir werden wohl nachschauen müssen. Einer sollte aber hier Wache halten.“

Skyla hatte sich völlig verausgabt und schnaufte nun wie eine alte Dampflok. Außerdem scheuerte die Kette langsam aber sicher ihr linkes Fahrwerksbein und die daran verlaufenden Leitungen auf. Schon spürte sie es nass herunterrinnen.

Da erblickte sie schwarze Schatten am Himmel, die sich rasend schnell bewegten. Das konnte nur eines bedeuten: feindliche Bomber.

Diese Erkenntnis versetzte sie erneut in Angst. Panisch zerrte sie an der Kette und versuchte sich zu befreien, jedoch ohne Erfolg.

Kevin beobachtete sie weiter und fragte sich, wie Rasmus damit fliegen wollte. Die Maschine benahm sich wie ein wildes Tier, offenbar hatte der Programmierer ihrer KI zu viele Wildwestfilme gesehen. Aber vielleicht gelang es ihm ja, sie zu zähmen. Er packte eine Eisenstange und ging auf die tobende Tupolew zu.

„Du gehörst jetzt uns, also hör auf dich zu wehren.“

Skyla schaute auf den unrasierten, verschwitzten Mann herunter und wappnete sich mit Trotz.

„Das muss ich mir von so einem Breitschnauzen-Halbmaki nicht bieten lassen“, fauchte sie. „Du kriegst doch nie eine ab, die Frau, die sich mit dir einlässt, muss sich die K.o.-Tropfen ins eigene Getränk kippen.“

Kevin verzog das Gesicht, als hätte er puren Essig getrunken. Wie kam diese Mühle dazu, ihn derart zu beleidigen?

„Deine Aufsässigkeit werde ich dir austreiben!“ Er hob die Stange und schlug dem Flugzeug auf die Nase.

„Aua!“, schrie Skyla und setzte die Schubumkehr ein, um vor dem Kerl zurückzuweichen, jedenfalls so weit, wie die Fessel es zuließ. Kevin begann zu lächeln, als er die roten Tropfen der ausgelaufenen Hydraulikflüssigkeit im Schnee sah, während er an ihrer Seite entlangging.

„Oh schau mal, du blutest ja.“

Erneut schlug er zu, diesmal auf den Rumpf hinter der linken Tragfläche.

Silas kam langsam zu sich. Als er Skylas Schmerzensschreie vernahm, versuchte er sich loszureißen.

„Lasst sie in Ruhe, ihr Bastarde!“

Auch Komodo konnte es bald nicht mehr mit anhören. Offenbar wurde die Tupolew gefoltert.

Die Soldaten waren jedenfalls weggegangen, nur noch Kira befand sich im Raum und werkelte an etwas herum.

Kevin genoss es, Skyla zu verhöhnen. „Du verspürst ja Schmerzen. Das ist geil. Hab noch nie von einer Maschine gehört, die das kann. Stoppe endlich und mach deine Turbinen aus, sonst schlage ich weiter zu."

Kurz überlegte er, dann holte er den alten Eisbärenfellfetzen und versuchte, ihn über die Windschutzscheibe der Tupolew zu werfen. Mit dem dritten Anlauf klappte es.

Skyla sah nichts mehr und wurde fast wahnsinnig. Schließlich resignierte sie jedoch, hörte auf zu zerren und fuhr ihre drei Triebwerke herunter. Die APU jedoch lief noch.

„Na also, geht doch", lachte Kevin. „So ist es brav. Später dann gibt es weitere Lektionen."

Er wandte sich ab und ging zum Hangar, denn er hatte noch etwas ganz anderes vor. Die Soldaten hatten sich verkrümelt, nur noch die Gefangenen und Kira befanden sich im Hangar. Besser konnte es gar nicht laufen. Die beiden Rebellen waren verletzt und zudem gefesselt, die kamen ihm nicht in die Quere.

„Kira", rief er. „Kommen Sie mal mit, ich muss Ihnen etwas zeigen."

Silas kochte vor Wut, als er den Kerl erblickte.

„Was hast du Arsch mit Skyla gemacht?"

Komodo erschrak. „Silas, das darf doch keiner erfahren."

Kevin stutzte, ehe sich ein breites Grinsen auf seinem Gesicht ausbreitete. „So so, dieses Flugzeug da draußen ist eure Anführerin? Ist ja der Hammer. Soll ich euch mal etwas sagen? Bald wird sie nur mir gehorchen."

Er dachte nach, was er mit diesem Wissen anfangen konnte. Er wusste, dass ein hohes Kopfgeld auf die Rebellenchefin ausgesetzt war. Aber darum kümmerte er sich später. Jetzt gab es etwas weitaus Dringenderes zu erledigen.

Als Kira auf ihn zukam, führte er sie nach draußen. Kaum war er aus dem Blickfeld der beiden Gefangenen, packte er die Wissenschaftlerin und hielt ihr den Mund zu.

„Du bist mir schon lange aufgefallen", hauchte er erregt. „Jetzt werden wir uns vergnügen."

Er schleifte sie zu der Tupolew und war froh, dass er sie ruhigstellen konnte. So war es möglich, die großen Reifen ihres Hauptfahrwerks als provisorisches Liebeslager zu nutzen. Die Temperatur passte auch, es waren etwa drei Grad plus, viel wärmer als letzte Nacht. Kira wehrte sich aus Leibeskräften, doch gegen den harten Griff des Matrosen kam sie nicht an. Jetzt begann er sie zu begrabschen.

Skyla vernahm, dass sich unter ihr etwas tat. Der Idiot von vorhin war wieder da, aber diesmal nicht alleine. Die Geräusche deuteten darauf hin, dass er eine Frau bei sich hatte und diese zum Sex zwingen wollte. Die Maschine hasste menschliche Triebhaftigkeit fast noch mehr als Berührungen und startete ihre Triebwerke neu. Kevin war so in sein Tun vertieft, dass er es ignorierte. Gerade versuchte er, Kira die Kleidung vom Leib zu reißen, als Skyla ein Stück vorwärts rollte, dabei den Typen touchierte und zu Fall brachte. Sofort setzte sie nach und überrollte den Kerl. Es knackte, als sein Körper unter die sechs massiven Räder des Hauptfahrwerks geriet. „Klingt, als wären da eine Menge Knochen gebrochen", höhnte die Tupolew und empfand eine regelrechte Genugtuung, den Kerl, der sie gequält hatte, zu Brei zu zermalmen. Mittels Schubumkehr setzte sie zurück und fuhr danach nochmals drüber, soweit wie es ihr die Kette erlaubte.

Kira rollte sich zur Seite, um nicht unter den Rädern der Tupolew zerquetscht zu werden. Ihr Peiniger blieb in einer blutigen Lache liegen, nachdem die viele Tonnen schwere Maschine zweimal über ihn gefahren war. Der Schnee färbte sich blutrot und Hirnflüssigkeit sickerte aus dem geborstenen Schädel von Kevin Kahl. Kira musste sich übergeben und erbrach sich elendig in den Schnee. Dann wischte sie sich den Mund ab und stand auf. Sie richtete ihre derangierte Kleidung, die ihr der Verrückte vom Leib hatte reißen wollen und schleppte sich zurück in den Hangar.
„Was für ein kolossales Arschloch", dachte sie sich und warf einen Blick zurück. „Aber er hat bekommen, was er verdient hat."
Sie fühlte sich schmutzig und verletzt. Immer noch konnte sie die gierigen Griffe des Matrosen auf ihren Brüsten und zwischen ihren Beinen spü-

ren. Sie schüttelte sich und verdrängte die Gefühle. Es gab jetzt Wichtigeres zu tun. Sie betrat den Hangar und sah, wie die beiden Gefangenen sich auf ihren Stühlen bis an eine Werkzeugbank vorgearbeitet hatten und jetzt versuchten, ihre Fesseln zu durchtrennen. Schnellen Schrittes war sie bei Komodo und Silas und sorgte dafür, dass die Gefangenen nicht zum Zuge kamen.

„Das werdet ihr schön bleiben lassen", sagte sie und rückte die Werkbank von den beiden fort. Dann fiel ihr auf, dass der eine Gefangene, der mit der Schusswunde, sehr blass war, was sie nicht weiter verwunderte. Der riesige, rote Fleck auf seiner Kleidung sagte alles. Er hatte massiv Blut verloren und noch immer sickerte dick das bordeauxrote Nass unter dem Verband hervor.

„So geht das nicht", murmelte sie und nahm sich ein Messer von der Werkbank. Sie ging zu Komodo, setzte die Klinge an und schnitt mit aller Kraft.

Siebeck und Hagelstolz standen draußen in einiger Entfernung vor der Halle.

„Aber Hauptmann", protestierte der Gefreite, „es wäre besser, wenn ich Sie begleiten würde."

„Siebeck, Sie sind verwundet und außerdem brauchen die anderen Sie. Ohne uns beide sind die Überlebenden aufgeschmissen. Was auch immer diese apokalyptische Vernichtung hervorgerufen hat, es ist gut möglich, dass es auch mich erwischt und ich nicht zurückkomme. Dann müssen Sie die Gruppe führen."

„Ok, Hauptmann." Siebeck wirkte nicht glücklich, aber er würde dem Befehl gehorchen. Hagelstolz machte sich auf den Weg in Richtung der weit in die Atmosphäre aufgestiegenen Pilzwolke. Siebeck blickte ihm kurz nach und machte sich dann auf den Rückweg zur Basis. Dort tobte inzwischen wieder das Flugzeug herum. Siebeck machte einen kurzen Schlenker an der Maschine vorbei und sah den toten Kahl dort zerquetscht liegen.

„Fuck, wie ist das denn passiert?", fragte er, während die Tupolew sich langsam beruhigte.

„Tja, das passiert eben mit Vergewaltigern und Folterern!", rief das Flugzeug gehässig.

„Was? Vergewaltigern?", fragte er skeptisch.

„Ja, er wollte die Menschenfrau vergewaltigen, also hab ich ihn platt gemacht, das Dreckschwein."

„Oha", knurrte Siebeck und rannte auf den Hangar zu. Er musste nach Kira schauen.

Er erreichte die Halle und betrat sie in dem Moment, als Kira Hanuffson das Messer an Komodo ansetzte. Er sah noch, wie sie mit einer heftigen Bewegung zustach.

Hagelstolz rannte im langsamen Lauf auf die Explosionsstätte zu. Er hatte die paar Kilometer in einer halben Stunde lockeren Laufens gemeistert,

was mit der schweren Ausrüstung schon eine
Kunst an sich war. Um ihn herum fiel Asche und
Staub zu Boden. Dann kam er an eine Hügelkup-
pe und ging langsam auf sie zu, immer die Deckung ausnutzend. Schließlich erblickte er das
Feld der Verwüstung.
Ein mehrere hundert Meter durchmessender Be-
reich war vollkommener Vernichtung anheimge-
fallen. Eis und Schnee gab es nicht mehr, nur
noch Gestein, Geröll und alles umfassenden
Staub. Der Boden war gründlich umgepflügt und
von so vielen Explosionen getroffen worden, dass
eine enorme Hügellandschaft aus Trichtern ent-
standen war. Was auch immer sich hier befunden
hatte, es war definitiv nur noch Staub und Asche.
Hagelstolz umrundete das Areal und versuchte
noch weitere Informationen zu sammeln, aber es
gab nichts weiter zu sehen. Inzwischen ging auch
die Sonne unter. Die letzten Strahlen am Himmel
erhellten das Gebiet nur noch unzureichend, sodass er beschloss, zu den anderen zurückzukeh-
ren.

Dr. Cosack saß an seinem Hackdeck und loggte
sich in die ihm zugänglichen militärischen Netzwerke ein. Dort konnte er zwar nur Beobachter
spielen, denn sobald er aktiv würde, würden ihn
die Sicherheits-KIs sofort entdecken und vernichten. Aber oft genügte schon ein lauschendes Ohr
am Puls des Militärs. Bei den Europäern gab es

nichts weiter zu hören, also schaltete er um zu den Amerikanern. Dort rauschten die Netzwerke mit Informationen. Sein Suchprogramm öffnete eine Kommunikationslinie der Air Force.
„Wiederhole, Ziel nicht getroffen. Sie haben einen elaborierten Täuschkörper vernichtet, Suicide Bomb. Kehren Sie zur Basis zurück, Sie werden auftanken, aufmunitionieren und erneut starten. Bailey Ende."
„Oh, oh", brummte der Wissenschaftler und griff zum Smartkom.

Der Präsident der Neuen Republik Amerika, Jonathan Frakes, hockte in seinem Büro im Weißen Haus und ging die Gefechtsberichte durch. Vor allem interessierten ihn die Entwicklungen in der Antarktis. Er las und wurde blass.
„Verdammte Kacke", fluchte er inbrünstig. Dann nahm er über die Telekommunikationseinrichtung Kontakt zu General Nimiz auf.
„Space Force Command, Nimiz hier", meldete sich der Veteran.
„Wir haben ein Problem. Ich übermittle Ihnen die Koordinaten, machen Sie ein Orbitalbombardement."
Nimiz besah sich die Koordinaten, die ihm der Präsident geschickt hatte, überprüfte diese in seinem Terminal und blickte dann auf.
„Mr. President, Sir, unser Satellit ist erst in acht Stunden wieder in Reichweite dieser Koordina-

ten. Können Sie solange warten?“
„Das werd ich wohl müssen“, grummelte der Präsident. „Bombardieren Sie sobald es möglich ist.
Frakes Ende.“

Kira stand vor Komodo und hielt ihn an der Brust
gepackt. Das Messer schwebte wie ein Damoklesschwert über ihm, dann setzte sie an und
schnitt den Ärmel seiner Polarkleidung auf. Auch
den Verband entfernte sie. Die Wunde sah übel
aus, dick pulsierte hellrotes Blut heraus, was dafür sprach, dass die Arteria Axillaris verletzt
worden war. Sie setzte ein provisorisches Tourniquet oberhalb der Wunde und unterband somit die
Blutzirkulation zum Arm. Kira nahm ein Verbandspäckchen aus den Vorräten der Rettungsboote und öffnete es. Auch wenn Erste-Hilfe auf
dem Verbandspäckchen stand, war es doch mehr
als das. Ein kleines Set chirurgischer Instrumente.
Nahtzeug, Klammern und eine sehr eingeschränkte Auswahl an Notfallmedikamenten waren darin
enthalten. Sie zog sich ein Paar Handschuhe an,
nahm sich ein Skalpell und öffnete die sterile
Packung. Sie brach die Schutzkante des Einmalskalpells weg und sagte zu ihrem Patienten:
„Das wird jetzt wehtun.“
Sie setzte das Skalpell zwei Zentimeter über der
Schusswunde an und schnitt die Haut auf. Frisches Blut sickerte hervor. Nach zwei weiteren
Schnitten hatte sie die zerfetzte Arterie freigelegt.

Sie nahm eine Klammer und klemmte die Arterie oberhalb des Risses ab. Dann griff sie sich ein Nahtset und fing an die Arterie zu nähen. Nach einigen Stichen schnitt sie den Faden ab und sprühte etwas Wundkleber darüber. Dann entfernte sie Klammer und Tourniquet und nähte auch die Haut wieder zusammen. Komodo war unterdessen vor Schmerzen bewusstlos geworden.

„So", sagte Kira, „das ist zwar nicht schön und auch nicht professionell, aber es wird verhindern, dass Sie verbluten und sterben."

Hinter ihr erklang eine Stimme.

„Das haben Sie gut gemacht, Kira." Siebeck stand hinter ihr.

„Huch, erschrecken Sie mich doch nicht so. Wie lange stehen Sie schon da?", fragte sie und drehte sich um.

„Lang genug. Sind Sie Ärztin?"

„Nein, Biologin. Aber es war nicht sonderlich schwer zu wissen, was hier zu tun war", antwortete sie.

„Trotzdem, meinen Respekt", nickte ihr Siebeck zu.

Silas, der das Ganze aufmerksam verfolgt hatte, meldete sich auch zu Wort.

„Ich … ich danke Ihnen."

Siebeck nahm sich Kira zur Seite.

„Öhm, wegen der Sache mit Kahl, ich weiß was passiert ist …"

„Alles ist gut", wehrte Kira ab. „Das Flugzeug

hat ihn Gott sei Dank erledigt.“

In diesem Moment meldete sich ein Smartkom auf der Werkzeugbank zu Wort.
„Hier Dr. Cosack. Komodo melden Sie sich. Das eben erfolgte Bombardement durch die Air Force wird wiederholt werden. Ich wiederhole, Sie werden in absehbarer Zeit erneut bombardiert. Ich habe keine Täuschanlagen mehr und Ihr Ablativstörsender ist deaktiviert. Ich empfehle eine Evakuierung. Cosack Ende.“
„Oh scheiße!“, war alles, was Siebeck dazu einfiel. „Oh verdammte Scheiße!“

Rasmus und die anderen betraten den Hangar und der Gefreite des Spezialeinsatzkommandos informierte den Kapitänleutnant über die neue Situation.
Silas Verstappens Dankbarkeit beschränkte sich allein auf Kira und als die Soldaten hereinkamen, starrte er ihnen mit finsteren Blicken entgegen. „Was habt Ihr mit S...äh...unserem Flugzeug gemacht?“
„Wir haben ihm nichts getan“, erwiderte Rasmus. „Aber wir brauchen es, um damit aus der Gefahrenzone zu fliegen. Du hast selbst gehört, was hier gleich abgeht.“
„Sie wird euch gar nicht erst an Bord lassen“, schnaubte der Junge, der sich auch darüber ärgerte, dass die Tupolew nur als Arbeitstier und nicht

als eigene Persönlichkeit angesehen wurde. „Und von wegen nichts getan. Warum hat sie vorhin mehrmals geschrien?"
Der Schwede schaute hochmütig auf Komodos Neffen herab. „Wir haben sie angekettet, um sie an der Flucht zu hindern. Das fand sie wohl nicht so toll."
„Verständlich, oder? Noch einmal für euch Sturköpfe zum Mitschreiben: Ihr werdet sie niemals dazu bringen, sich von euch besteigen zu lassen. Nie ..."
„Werden wir ja sehen", knurrte Rasmus. „Wir warten einfach, bis sie sich ausgetobt hat und ihr der Treibstoff ausgeht. Dann ist sie wehrlos."

Noch ein weiteres Mal meldete sich Dr. Cosack, dieses Mal direkt an die Anführerin gerichtet. „Skyla, hörst du mich? In absehbarer Zeit wird ein Bombardement auf die Basis niedergehen. Bereitet euch vor. Cosack Ende." Eine Drohne mit einem Holo-Display erhob sich leise und schwirrte aus dem Hangar heraus. Rasmus schaute ihr verwundert hinterher. „Wo will dieses Ding denn hin?" Er lief dem Gerät nach, welches unbeirrt zu dem Flugzeug schwebte und vor dessen Gesicht Position bezog.
Skyla hatte noch einmal versucht, sich von der Kette loszureißen, gleichzeitig fragte sie sich, wo denn die Frau abgeblieben war. Dankbarkeit schien die Tussi jedenfalls nicht zu kennen, statt-

dessen hatte sie ihr noch vor das Fahrwerk ge-
kotzt. Aber das verwunderte die Tupolew auch
kaum. Die meisten Menschen waren eben Arschlöcher, die ihr mal den Schuh aufblasen konnten.
Wobei sie diesen Kevin ohnehin zur Hölle geschickt hätte, weil er es gewagt hatte, Hand an sie
zu legen. Das durfte niemand! Jeder, der es versuchte, wird genauso als Matsch enden. Schon
bald steigerte sie sich in diesen zerstörerischen
Gedanken bis zur Weißglut hinein. Erst eine bekannte Stimme ließ sie wieder herunterkommen.

„Skyla? Hier Cosack. Hast du…Moment mal,
was ist mit dir passiert?“
Die Tupolew atmete tief durch, ehe sie antwortete. „Die haben mich gefangen, mir diesen ekligen
Lumpen über die Maske geworfen und dann auch
noch geschlagen. Shadow Blade hat es übrigens
erwischt. Er ist tot.“
„Verdammte Axt!“, fluchte der Wissenschaftler.
„Kannst du dich befreien? Bald wird es bei euch
ungemütlich werden, denn eine Bomberstaffel ist
unterwegs.“
„Nein. Die Mistkette sitzt fest und scheuert mir
das Bein auf, das tut sauweh. Komodo und sein
Neffe wurden ebenfalls in Gewahrsam genom-
men. Wir haben verloren, wenn nicht bald etwas
geschieht.“ Skyla redete sich in Rage, mit jedem
Wort wurde ihre Stimme lauter. Cosack musste
sich jedenfalls schnell etwas einfallen lassen. Er
blickte auf das Wetterradar und erkannte, dass ein

schwerer Schneesturm über Mirny aufzog. Der dürfte die Soldaten in den Hangar treiben und ihm die Möglichkeit geben, einen Roboter zu schicken, der ihre Anführerin befreien konnte.
„Also hör zu, ich werde Folgendes kkrrsss …“

Ein Knall zerriss die Luft und von der Kommunikationsdrohne blieb nur noch ein Haufen Elektroschrott übrig. Rasmus pustete wie ein Cowboy über die Mündung seiner Pistole, ehe er die Waffe wegsteckte und näher herantrat. „Mit wem hast du da gerade gesprochen?“, fragte er die Tupolew. „War das dieser Doktor?“
Skyla dachte nicht daran, dem Kerl Rede und Antwort zu stehen, dafür war sie viel zu aufgewühlt. „Als ob ich dir das erzählen würde“, brummte sie trotzig. Rasmus fragte sich, ob er die Maschine nicht irgendwie doch zur Vernunft bringen konnte. Einen Versuch war es jedenfalls wert.
„Falls du es noch nicht gemerkt hast, gleich greifen die Amerikaner an. Wir müssen zusammenarbeiten und du musst uns von hier wegfliegen.“
Die Tupolew lachte hell auf. „Gar nichts muss ich.“ Was bildete sich dieser Typ eigentlich ein? Erst quälte man sie und jetzt auf einmal sollte sie ihnen helfen? „Ihr könnt mich mal an meinem blanken Metallhintern lecken!“

Rasmus sagte nichts mehr, sondern wandte sich wortlos ab und ging zum Hangar zurück. „Nichts zu machen. Mit guten Worten kommen

wir bei dieser Dramaqueen jedenfalls nicht weiter. Hat irgendjemand noch eine Idee? Sonst
bleibt nur die Gewaltmethode." Dabei blickte er
sich um, ob noch mehr dieser schweren Ketten zu
finden waren. Damit könnte man auch das andere
Bein der Maschine festbinden, bis sie komplett
bewegungsunfähig war und dann an Bord steigen.
Darauf zu warten, bis ihr das Kerosin ausging,
dauerte ihm zu lange.
„Wagt es nicht, sie anzurühren!", schrie Silas.
„Sie hat allen Grund, so zu reagieren", setzte der
wiedererwachte Komodo matt hinzu und langte
sich an den schmerzenden Kopf.

Angus McFive stand etwas abseits neben dem
Gebäude und lauschte den Gesprächen drinnen
und draußen. Wie es aussah, brauchte die Air
Force noch einige Zeit, die er nutzen konnte, um
von hier zu verduften. Sein Auftrag war erfüllt
und eigentlich sollte er hier abtreten, extra dafür
besaß er eine Zyankalikapsel in seiner Uniform
versteckt. Aber wenn er es sich recht überlegte,
hing er doch an seinem Leben.
Am besten wäre es natürlich, mit der Tupolew
abzuhauen, allerdings fragte er sich, wie er sie
dazu bekommen sollte? Die anderen hatten es ja
schon vergeblich versucht.
Langsam schlich er sich an die Maschine heran
und erschrak kurz, als er Kahls übel zugerichtete
Leiche entdeckte. Sah aus, als hätte der Kerl es

92

auf die harte Tour besorgt bekommen. Geschah ihm recht, was musste er sich auch an Kira heranmachen oder das Flugzeug misshandeln. Die ölbenetzte Eisenstange lag nicht weit von ihm entfernt, zudem befanden sich rote Tropfen im Schnee, die nicht von Kevin stammten.

Er trat vorsichtig näher und berührte die Tupolew am Kinn, worauf sie sofort zurückzuckte und wie eine wütende Wildkatze fauchte.

„Ist ja gut", sagte Angus beschwichtigend zu ihr und schaute sich dann die Kette an. Die war bombenfest an einem Betonpoller befestigt. Es würde nicht einfach werden, sie zu lösen. Das andere Ende, ginge noch schwieriger ab, wie er mit einem raschen Blick feststellte. Die stählerne Fessel hatte sich schon tief in das rotverschmierte Fahrwerksbein gegraben, was wohl den verzweifelten Fluchtversuchen der Maschine geschuldet war.

Er stand wieder auf und blickte sich suchend um, als er einen der Ninjasterne von Shadow Blade fand. Die Klinge war scharf genug, um selbst harten Stahl zu schneiden. Sein Plan stand fest. Er wollte die Kette soweit anritzen, dass nur noch ein Ruck des Flugzeugs genügte, um sie zu zerreißen. Er begann zu sägen, was eine mühsame und schweißtreibende Arbeit darstellte, die unendlich lange zu dauern schien. Endlich, nach vielen Minuten, hatte er eines der Kettenglieder weit genug geschwächt. Er ließ den Shuriken

fallen, nahm Anlauf und sprang an Skylas linker
Tragfläche hoch, packte den Rand und zog sich
hinauf. Ein Fehler, denn die Tupolew stieß einen
lauten Schrei aus und begann, sich im Kreis zu
drehen. Angus versuchte, sich festzuhalten, verlor
jedoch den Halt, rutschte aus und stürzte zu Boden. Schnell rollte er sich zur Seite, ehe die Räder
ihn erwischen konnten und sah aus dem Augen-
winkel Hagelstolz antraben. Jetzt musste er sich
schnell eine Ausrede einfallen lassen, um einer
geharnischten Strafpredigt zu entgehen. Im selben
Moment riss die Kette.

Dr. Cosack legte letzte Hand an die vor ihm
stehende Monstrosität, die an eine Mischung aus
Snowspeeder und WalkerMech erinnerte. Die auf
zwei Beinen aufragende Passagier- und Piloten-
kapsel bot Platz genug für vier Personen sowie
den Computerkern, in dem eine der fortgeschrit-
tenen KIs des Wissenschaftlers verbaut war. Die
Beine der Maschine endeten in je einem Unterbau
mit einer Monoschneekette. Die breiten Schnee-
ketten trugen das erhebliche Gewicht des Snow
Mechs und verteilten es auf eine knapp sechs
Quadratmeter große Fläche, sodass der Mech
leicht durch schwerstes Gelände manövrieren
konnte. Die Bewaffnung der Maschine machte
einen Großteil des Gewichts aus. Auf dem Rück-
enteil der Passagierkapsel befand sich ein A15K2
Automatikmörser. Zwei GAU-35/A Wraith gurt-

gefütterte Gatlingkanonen an den Seiten der Kanzel verliehen dem Mech eine direkte Kampfkraft, der sich nur wenige stellen konnten. Ein schweres Flammenwerfersystem mit einer Bestückung von zehn mit thermobarischen Sprengköpfen ausgerüsteten Raketen vollendete das tödliche Arsenal des Mechs.

Cosack warf den Schweißbrenner auf den Werkzeugtisch und sprang von der Schneekette.

„Snow Mech, Systemanalyse!", befahl er sodann. Durch das System des Roboters ging ein Zittern, dann meldete sich die melodische Stimme einer jungen Frau zu Wort.

„Funktionsanalyse durchgeführt. Kampfkraft einhundert Prozent. Maximale Zerstörung bereit. Was soll vernichtet werden?"

„Momentan nichts, Snow Mech", erklärte Cosack. „Ich schicke dich auf eine Rettungsmission. Deine Aufgabe ist es, Komodo und Silas zu befreien sowie die Unversehrtheit von Skyla sicherzustellen."

„Greife auf Daten zu. Korrekt, werde Komodo und Silas befreien und Skyla retten. Ich sehe, dass sie sich knapp einhundert Kilometer nordöstlich von uns befinden. Berechne Ankunftszeit. Reisedauer anderthalb Stunden. ETA 18.35 Uhr. Beginne Rettung."

Mit einem Knirschen setzte sich der gewaltige Mech auf seinen Ketten in Bewegung und nahm Reisekonfiguration an, was bedeutete, dass er sich tief über sein Fahrwerk beugte, um den Schwerpunkt nach unten zu verlagern. Dann startete er mit vollem Schub und raste aus dem unterirdischen Werkstattgebäude los. Die Rampe surfte er wie ein Inlineskater nach oben und verließ den Tunnel mit einem Luftsprung. Er landete schwer auf dem Eis, welches prompt zu Staub und Splittern verarbeitet wurde und dann im Licht der Flutlichtscheinwerfer des Mechs hell auffunkelte.

Angus McFive richtete sich auf, nachdem das Flugzeug die Kette gesprengt hatte und Richtung Start- und Landebahn davonrollte. Das immer noch vor dem Cockpit der Tupolew befindliche Stück Polarbärenfell verhinderte, dass Skyla sah, wo sie hinrollte, aber in ihrer Panik war ihr das auch erst einmal egal. Sie wollte nur weg von diesen schmutzigen, dreckigen, ekelhaften Menschen.
„Scheiße!", fluchte McFive inbrünstig und sah seiner Fluchtmöglichkeit hinterher.
Hagelstolz erreichte ihn und schlug ihm die Faust in den Magen.
„Volldepp!", beschimpfte er ihn.
McFive krümmte sich nach der unverhofften Attacke und würgte. Hagelstolz riss ihn am Kragen nach oben.
„Wieso könnt Ihr dieses verdammte Flugzeug nicht in Ruhe lassen? Jetzt haut es ab, weil du es

so lange gereizt hast, bis es sich losreißt.“
„Aber … aber …“, stotterte McFive.
„Nix aber. Los komm mit, du Abbild eines Idio-
ten.“

Die Tupolew drehte sich mittlerweile, in engen
Kreisen, auf dem gefrorenen Boden der Startbahn
und versuchte freie Sicht zu bekommen, was ihr
jedoch nicht gelang. Hagelstolz besah sich das
Theater kurz und beschloss dann, das Flugzeug
sich selbst zu überlassen. Seine Optionen sahen
das Flugzeug sowieso nicht als Transportgerät
vor. Danach führte er den Matrosen zum Hangar
und betrat diesen. Innen traf er auf Rasmus und
Siebeck sowie Kira.
Die drei hatten einen Dieselgenerator und Wärmestrahler gefunden. Sie standen nun um den
tuckernden Apparat und die Strahler herum und
wärmten sich. Hagelstolz und McFive gesellten
sich zu ihnen. Von den achtunddreißig Überlebenden waren nur noch sie fünf übrig geblieben.
Kira im blau-weißen Parka, die blonden Haare zu
einem Zopf gebunden und unter die Mütze ge-
steckt, Hagelstolz und Siebeck in ihren schmutzigen Tarnanzügen, Kapitänleutnant Rasmus in die
Überreste eines Polarbären gekleidet und Angus
McFive der die blau-weiße Deckuniform der Heathrow trug. Alle wirkten erschöpft. Die Anstren-
gungen der letzten Tage hatten ihren Tribut ge-
fordert. Kira, schon immer schlank, wirkte abge-

zehrt. In der Antarktis verbrauchte ein Mensch das Doppelt- bis Dreifache an Energie, noch mehr bei körperlicher Anstrengung. Sie spürte ihren Magen knurren.

„Ich denke", sagte sie, „dass wir noch etwas Zeit haben. Zeit genug jedenfalls, um uns etwas zu Essen zu machen. Ich sterbe vor Hunger." Sie holte ihren Rucksack, nahm die EPAs heraus und verteilte sie an die Anwesenden. Siebeck kümmerte sich um Sitzgelegenheiten und schleppte fünf Campingstühle heran. Kurz darauf saßen sie alle mit dampfenden Rationen um die Wärmestrahler und aßen.

„Der Idiot hier", erklärte Hagelstolz mit vollem Mund und deutete auf McFive, „hat dafür gesorgt, dass das Flugzeug wie wild Kreise dreht."

„Wie? Ist es weg?", fragte Rasmus nach.

„Nein, noch nicht, es dreht sich wie gesagt gerade auf der Landebahn im Kreis."

„Dann müssen wir es wieder einfangen", Rasmus sagte es ohne rechte Motivation.

Kira schnaubte voller Verachtung. „Nur weil das dieses ekelhafte Schwein von Kahl wollte. Ich dachte wir werden in einigen Tagen bei unserem Lager abgeholt. Außerdem müssen wir hier eh weg. Die Amerikaner werden die Basis bombardieren."

„Ganz genau", fügte Hagelstolz hinzu und verbarg seine Überraschung ob der neuen Information. „Wir werden uns, sobald wie möglich, wieder auf den Weg an die Küste zu unserem Lager machen. Dort sind wir einerseits sicher vor dem Bombardement der Amerikaner und andererseits haben wir dort ausreichend Vorräte für die Zeit bis zu unserer Evakuierung."

„Und", fügte Siebeck hinzu, „unsere Gefangenen nehmen wir mit. Mal sehen was der militärische Abschirmdienst aus den beiden herausholen kann."

„Aber wir tun ihnen doch nichts an, oder?", fragte Kira. „Ich hab den einen gerade wieder zusammengeflickt und weiß nicht ob er schon über dem Berg ist."

„Ich sehe es momentan nicht als unsere Aufgabe an, die beiden auf Teufel komm raus auszuquetschen. Solange die operative Sicherheit nicht gefährdet wird, können sie gerne schweigen." Hagelstolz beendete damit die Diskussion.

„Es wäre trotzdem interessant zu wissen, wo denn die Anführerin der Rebellen ist", Rasmus hatte seine Ration verputzt und machte sich jetzt einen Kaffee.

„Das werdet ihr nie erfahren!", schrie in diesem Augenblick Silas von der zehn Meter entfernten Stelle, an der die Gefangenen gefesselt waren, herüber. „Ihr werdet uns nie besiegen, weil wir unbesiegbar sind. Wir sind nicht nur Menschen, wir sind eine Idee, ein Ideal, ein Meme. Wir fressen uns durch die kollektive Dünnschissschicht

eurer sogenannten Kultur und am Ende werden
nur wir und unseresgleichen übrig sein."

Komodo, der vor sich hin gedöst hatte, wurde
durch das Geschrei wach und blickte sich, durch
den Blutverlust desorientiert, um. Er sah Silas an
und trat diesem dann gegen das Schienbein.
„Wirst du wohl die Klappe halten, du verdammter
Narr!", schimpfte er leise, sodass die Überlebenden es nicht hören konnten. „Du spielst ihnen mit
jedem Wort, das du sagst in die Karten. Schweig
jetzt endlich!"

„Ich bin satt", sagte Rasmus und stand auf. „Ich
werde mal sehen, ob ich etwas passendere Kleidung finde. Diese Idee mit dem Eisbärenfell, die
war wirklich nicht die beste."
„Die kam ja auch von Kevin Kahl", meinte Kira
verächtlich.
„Mhm", machte Rasmus. Er wunderte sich, wo
die plötzliche Antipathie herkam. „Wo ist der
Kerl eigentlich?"
„Plattgefahren. Vom Flugzeug", meinte Siebeck
lakonisch. „Hat es nicht anders verdient. Dachte
er könnte unsere Kira hier bedrängen. Wenn die
Maschine ihn nicht kaltgemacht hätte, hätte ich es
getan."
„Oha!", Rasmus schwirrte der Kopf, nachdem er
diese Information erhalten hatte.
Der KaLeu stand auf und durchstöberte den Hangar sowie die angrenzenden Bungalows. Im drit-

ten fand er schließlich passende Winterkleidung. Als er sich umzog, fiel ihm auf, dass an den Stellen, an denen die provisorische Kleidung nicht ganz geschlossen hatte, schwarze Stellen von Erfrierungen auf seinem Körper zu sehen waren. „Verdammter Mist!", fluchte er und zog sich an. Dann kehrte er zurück zu den anderen.

Captain John Hopkins und seine Co-Pilotin First Lieutenant Mary Goßberg, steuerten unterdessen den „Max Destroyah" B2 Nurflügler Stealth Bomber, Rufname „Suicide Bomb" auf die Air Force Base Hobart in Tasmanien zu. Sie befanden sich im Landeanflug. Kurze Zeit später setzte die Maschine mit qualmenden Reifen auf der Airbase auf und rollte schließlich auf einen der speziellen B2 Hangar zu. Dort wurde sie aufgetankt und die Bodencrew machte sich daran, die verbrauchte Bombennutzlast zu ersetzen. Alles in allem hätten Hopkins und Goßberg vielleicht drei Stunden Pause, in denen sie sich etwas aufs Ohr legen konnten. Sie fielen in die Bereitschaftsbetten neben dem Hangar und rutschten sofort in einen tiefen, traumlosen Schlaf.

Viel zu schnell klingelte der Wecker und mit vor Müdigkeit verquollenen Augen rafften sich die beiden auf und begaben sich zur Kantine, um noch schnell einen Happen zwischen die Kiemen zu schieben, ehe es wieder in Richtung Antarktis ging. Zum Glück konnten sie auch während des

Fluges noch etwas schlafen.

Suicide Bomb begrüßte seine Piloten überschwänglich. „Guten Morgen Captain, guten Morgen First Lieutenant. Wo soll es denn heute hingehen?"

„Noch einmal die gleiche Strecke, denn wir müssen ein zweites Bombardement durchführen", antwortete Hopkins, während er im Cockpit Platz nahm.

„Och nö, muss das denn sein?", maulte die KI.

„Ja, es muss. Los gehts!"

Sie rollten zur Startbahn, die vier anderen Bomber direkt hinterher. Nun warteten sie nur noch auf die Startfreigabe, die sogleich erteilt wurde.

Während des Rückwegs ließ sich Rasmus noch einmal Siebecks Worte durch den Kopf gehen. Dieser Alpha Kevin war zum Sittenstrolch mutiert, aber was hatte die Tupolew damit zu schaffen? Und warum war ihm das nicht schon aufgefallen, als er mit der Maschine gesprochen hatte? Er ging zu der Stelle, wo der Betonpoller stand und fand Kahls Leichnam, der so flachgedrückt war, dass er ihn zuerst für ein Stück Lumpen gehalten hatte. Vor und hinter dem Toten waren große Reifenabdrücke tief in den Schnee gegraben und es sah aus, als wäre das Flugzeug nicht nur einmal darübergefahren. Dann untersuchte er die Kette und erkannte, dass diese angeschnitten wurde, die Klinge des Roboters lag daneben. Also

102

hatte McFive die Tupolew absichtlich befreit, nur aus welchem Grund? Aus Dankbarkeit, weil sie Kira geholfen hatte, oder steckte etwas anderes dahinter?

Er schaute hoch und sah die Maschine auf der Rollbahn herumirren und wie wild bocken. Nein, damit zu fliegen schien wirklich keine gute Idee, das Ding war ja kaum zu bändigen.

„Warte mal ...“

Die Fakten reihten sich vor seinem geistigen Auge auf. Die Rebellen besaßen ein Flugzeug, welches niemanden an sich heranließ. Was war dann der Nutzen? Transportaufgaben fielen jedenfalls aus, ebenso der bewaffnete Kampf, da er keine Raketen oder Ähnliches an ihr entdecken konnte. Irgendetwas stimmte hier nicht und er bedauerte nun doch, dass die Tupolew frei war. Aber sie wieder einzufangen war zu gefährlich, denn es bedeutete die Gefahr als Pfannkuchen zu enden. Der Schwede begab sich zurück zum Hangar und bemerkte, wie Hagelstolz McFive böse Blicke zuwarf. Er trat zu ihm hin. „Warum hast du das Flugzeug losgemacht?“, schnauzte er den Kerl an. „War es wegen Kira?“

Angus bekam es mit der Angst zu tun, bemerkte dann aber die Steilvorlage, die der KaLeu ihm wie auf dem Silbertablett lieferte. „Ja, also ich ... ich wollte es freilassen. Es fürchtete sich, es ist verletzt und ähm...ja, ich wollte ihm damit danken.“

Rasmus brummte etwas, was sich wie eine halbe Zustimmung anhörte. „Na ja. Trotzdem schade. Es wäre interessant geworden, es zu untersuchen. Wie es aussieht, kann es Schmerzen und Angst verspüren, was ich so noch nie bei einer Maschine erlebt habe." Auch wenn die Entwicklung künstlicher Intelligenzen im Jahre 2060 einige Fortschritte gemacht hatte, war ein eigener Wille oder gar Empfindungsfähigkeit noch etwas, was in weiter Ferne lag. Und jetzt kam diese Tupolew und beherrschte all das.

Angus war unterdessen froh, dass man ihm diese Ausrede abnahm und nicht nachfragte, was er auf der Tragfläche zu suchen hatte. Er nickte heftig.

„Ja, das kann sie. Ich hab sie berührt und sie zuckte richtig zusammen."
Rasmus drehte sich um und wandte sich den Gefangenen zu. „Welche Aufgabe nimmt das Flugzeug bei euch wahr?"
Komodo blickte träge zu ihm hoch. Diese Frage kam unverhofft, zudem brummte sein Schädel, da er kurz vor einem Volumenmangelschock stand. „Sie ist ... unsere Aufklärerin. Für Luftüberwachung."
Silas hingegen schmollte und presste die Lippen fest zusammen, damit ihm kein falsches Wort entschlüpfte.

Skyla versuchte verzweifelt, den Pelzfetzen auf

ihrem Gesicht loszuwerden, doch offenbar war
dieser mit der Fleischseite an ihren Scheiben fest-
gefroren. Die Temperatur lag bei minus zwei
Grad und das Barometer fiel rapide. Da braute
sich etwas sehr Unerfreuliches zusammen. Schon
spürte sie die ersten, dicken Flocken auf ihrer
Außenhaut, gefolgt von einem immer stärker
werdenden Wind. Die Tupolew wusste, dass die
Stürme hier sehr schnell Orkanstärke erreichen
konnten, was selbst für sie unangenehm war. Jetzt
im warmen Hangar zu sein wäre schön, aber lieber hielt sie schlimmstem Mistwetter stand, als
noch einmal in die Nähe dieser grauenhaften Soldaten zu kommen. Zudem bot der Wind die Möglichkeit, den Lumpen loszuwerden. Sie hörte daher mit dem Herumgekreise auf und richtete ihre
Nase frontal zu dem Sturm aus. „Komm schon,
verschwinde endlich“,fluchte sie. Schließlich
hatte sie Glück, das Ding riss ab und nur noch ein
Blutfleck blieb an ihrer Windschutzscheibe übrig.
„Endlich frei“, frohlockte Skyla und gab sofort
vollen Schub, um von hier wegzukommen. Über
den Wolken war sie sowohl vor dem Wetter, als
auch vor den Typen sicher. Schon durchbrach sie
die dichte Decke, doch als sie ihr Fahrwerk ein-
ziehen wollte, klemmte es auf der linken Seite.
„Verflixt!“, knurrte sie. „Diese scheiß Kette!“ Die
befand sich in der Tat noch immer fest an ihrem
Bein. Skyla ignorierte den Schmerz und ließ es
draußen hängen, Hauptsache sie brachte erst ein-

mal viele hundert Kilometer zwischen sich und
der Basis.

Das Anemometer drehte sich immer schneller
und schneller im stetig auffrischenden Wind.
Bald kamen Sturmböen und Winde von mehr als
100 km/h auf und erschütterten den Hangar. Doch
die Russen hatten damals massiv gebaut, sodass
es keinen Anlass gab, sich zu fürchten. Zumindest
dachte sich das Hagelstolz. Hier im geradezu tro-
pisch warmen, auf fünf Grad Celsius temperierten
Hangar, ließ sich so ein Sturm ganz gut aushalten.
Mit Glück flaute dieser ab, bevor die Bomber
zurück waren, ansonsten mussten sie eben während des Orkans los.
Hagelstolz schritt zu den Heizstrahlern, packte
eines der mit einem langen Stromkabel versehe-
nen Geräte und schleppte es zu Komodo und
Silas herüber. Vorsichtig darauf bedacht, den
Gefangenen dadurch keine Möglichkeit zu einer
Dummheit zu geben, positionierte er den Heiz-
strahler, sodass die beiden gefangenen Männer
aus dem Schüttelfrost herauskamen. Komodo,
immer noch verwirrt und desorientiert, fühlte die
Wärme auf Brust und Gesicht und entspannte sich
sichtlich. Er war blass und litt offensichtlich unter
einer Hypovolämie. Hagelstolz ging zu dem
Mann hinüber, stellte einen Stuhl gegenüber auf
und hob dann die Beine des Mannes in die Senk-
rechte auf den Stuhl. Das sollte zumindest erst

einmal die schlimmsten Symptome lindern. Dann besah er sich den Arm des Verwundeten. Er machte den Verband runter und besah sich die Naht. Sie war dick entzündet und Eiter quoll aus den Wundrändern.

„Das ist nicht gut", murmelte er und überlegte.

„Haben Sie hier irgendwo eine Notapotheke?", fragte er sodann Silas, der ihn mit bösen Augen anfunkelte.

„Auf der anderen Seite des Hangars", antwortete dieser nach kurzem Zögern. „Aber glauben Sie ja nicht, dass ich Ihnen irgendetwas verrate."

„Das will ich auch nicht, Junge", Hagelstolz schmunzelte, bevor er fortfuhr. „Ich sehe es nicht als meine Aufgabe an, euch weiterhin Leid zuzufügen. Ihr seid wertvolle Informationsquellen und als solche genießt ihr das Privileg meines Schutzes. Und in Ausübung dieses Privilegs, werde ich mich um die medizinische Versorgung deines Onkels hier kümmern. Was ich nicht müsste."

Der Soldat der Spezialkräfte stand auf und ging die Apotheke suchen. Kurze Zeit später kehrte er mit dem zurück, was er gefunden hatte. Er sortierte die Päckchen vor Komodo auf dem Boden und benannte diese.

„Da hätten wir einmal ein MultiResistBreaker Breitbandantibiotikum. Das ist sehr gut. Das wird höchstwahrscheinlich helfen. Außerdem habe ich ein kleines chirurgisches Set gefunden, sowie einige Schmerzmittel. Die werden wir gleich brauchen." Dann ging er zu dem Werkzeugtisch hinüber und fand eine kleine Einhand-Plasmafackel. Eine passende Metallfeile war ebenfalls schnell gefunden.

Hagelstolz trug seine Fundsachen zusammen, öffnete dann eine Packung Tilidin und drückte ein paar Pillen aus dem Blister. „Ich denke sechshundert Milligramm sollten für den Anfang genügen. Dazu dann noch etwas Lorazepam II und zur Sicherheit noch ein starkes Analgetikum für die Wunde direkt." Hagelstolz ging zu Komodo und öffnete dessen Mund. Er drückte die Tabletten hinein und half mit einer Flasche Wasser nach. Komodo schluckte.

„So jetzt warten wir eine halbe Stunde und dann sehen wir weiter", informierte er Silas und setzte sich ihm gegenüber auf einen Stuhl. „Dann erklär mir mal, was ein kleiner Scheißer wie du, hier mitten in der Antarktis auf einem Piraten- und Rebellenstützpunkt, zu suchen hat."

„Geht dich nen Scheiß an, Alter", war die bockige Antwort.

„Nun mir ist es egal, Silas", erklärte Hagelstolz. „Ich werde deinem Onkel jedoch gleich gehörig wehtun müssen und ich möchte nicht, dass das zwischen uns steht."

„Nehmen Sie ihre dreckigen Wichsgriffel von ihm!", brauste der Junge auf und versuchte abermals sich loszureißen.

„So, und jetzt geht es los", beschloss Hagelstolz

nach einer Weile.

Er nahm die Spritze mit dem Analgetikum und spritzte es großzügig um die infizierte Wunde. Dann schnitt er mit einem Skalpell die genähte Wunde auf. Flüssiger Eiter strömte in Massen aus der Wunde. Komodo, obwohl fast gänzlich weggetreten, schien den Eingriff überhaupt nicht zu mögen, denn er stöhnte laut auf, als ihn der Schmerz durchzuckte.

Hagelstolz nahm ein in Desinfektionsmittel getränktes Verbandpäckchen und spülte die Wunde sauber aus, dann ließ er sie kurz trocknen.

Jetzt würde er Nägel mit Köpfen machen. Er griff nach der Plasmafackel und zündete sie einhändig. Dann erhitzte er die Metallfeile manuell über dem Flammenstrahl, bis sie sich rot färbte. Das glühende Metallstück presste er sodann in die Wunde. Komodo schrie laut auf und kam zu Bewusstsein.

„Verdammte Scheiße, was machen Sie da mit mir?", schrie er den Soldaten an.

„Ich rette Ihnen Ihr Scheiß Leben, Mann", erwiderte Hagelstolz und drehte das glühende Metallstück in der Wunde. Mit einem empörten und erstickten Schrei quittierte Komodo diese raue Behandlung.

„Was tun Sie?", fragte der Junge furchtsam. „Foltern Sie uns jetzt?"

„Nein ganz im Gegenteil. Ich lasse euch am Leben."

Hagelstolz ging zu Komodo, der schwer atmend
dalag. Die blauschwarze Spur der Blutvergiftung
und der Infektion, die an den Nervenbahnen
hochstieg, war etwas, was man unbedingt im Auge behalten musste.
„Ich weiß nicht, ob ich den Arm werde retten
können. Massiver Gewebeschaden, noch massi-
vere Infektion. Könnte schwierig werden. Zur
Not müssen wir amputieren, um Ihr Leben zu
retten. Es soll ja ganz coole Cyber-Limbs geben.
Da ist für jeden Geschmack etwas dabei.“
Komodo meldete sich zu Wort: „Ich würde meinen Arm gerne behalten.“
„Dann versuchen wir das. Wir brauchen allerdings keine allzu großen Hoffnungen wälzen.
Hier nehmen Sie das Antibiotikum.“ Hagelstolz
besah sich sein Werk. Hoffentlich brach die
Rosskur das Infektionsgeschehen. Dann holte er
tief Luft.
„So dann such ich euch beiden mal anständige
Kleidung, kann sein, dass wir bald aufbrechen.“
Er ging noch einmal systematisch die Basis ab
und fand neue Kleidung für die beiden Rebellen.
Diese wurden losgebunden, damit sie sich umzie-
hen konnten. Eine erneute Fesselung schien nicht
nötig, da Kommodo ohnehin zu schwach zu fliehen war und sein Neffe es sicherlich nicht alleine
versuchen würde.

Kira beobachtete Hagelstolzs Tun und nahm dann

zwei EPA aus dem Rucksack. Sie öffnete sie, sodass der eingebaute Chemiesatz sie erwärmen konnte. Dann trug sie die beiden Mahlzeiten rüber zu den Gefangenen.
„Hier", sagte sie und reichte Silas eine der Tüten. Der Junge nahm sie entgegen.
„Danke", brachte er hervor und fing an zu essen. Dann ging sie zu Komodo und reichte auch diesem sein Essen. Komodo nickte ihr dankbar zu, ehe er seine Portion auf seinen Schoß nahm, da er nur einen Arm bewegen konnte.

Siebeck berechnete mittlerweile die ungefähre ETA für die Bomber. Er ging zu Hagelstolz.
„Hauptmann, in sechs Stunden sollten wir hier weit weit weg sein."
„Ja, danke", erwiderte Hagelstolz und ging dann zu Kapitänleutnant Rasmus hinüber, der mittlerweile vor den Heizstrahlern eingeschlafen war. Er weckte ihn.
„Herr KaLeu, in sechs Stunden müssen wir hier weit weg sein. Ich denke wir sollten jetzt vier Stunden schlafen und dann aufbrechen. Wir brauchen alle Erholung. Es war ein langer Tag."
Rasmus war hochgeschreckt und hatte dann, nachdem er nun wusste, wie viel Zeit ihnen noch blieb, kurzerhand einen Entschluss gefasst. „Gut, wir machen das so, wie sie es vorschlagen."
Er stand auf und rief Kira, Angus und Siebeck zusammen.

„Gut, meine Männer und Frauen. Wir werden
jetzt vier Stunden ausruhen. Versuchen sie zu
schlafen, wenn es geht, Essen sie noch einmal
und dann werden wir uns auf den Weg zurück zu
unserer notfallmäßigen Unterkunft an der Küste
machen. Warum wir dort hinmüssen, ist ihnen
denke ich allen bekannt. Die Gefangenen werden
wir mitnehmen. Was die Anführerin der Rebellen
hier betrifft, hat sie wohl unwahrscheinliches
Glück gehabt, dass sie gerade nicht hier war. Gut
dann …“ Weiter kam er nicht.
In diesem Moment fegte eine Salve panzerbre-
chender Uranmunition in drei Metern Höhe durch
die Hangarwand. Dann ertönte eine melodische,
junge Frauenstimme, die trotz des tobenden
Sturms gut zu verstehen war:
„Dies ist ein Ultimatum. Sie werden Komodo und
Silas gehen lassen und ich werde Sie nicht töten.
Handeln sie entgegen meinen Wünschen, dann
werde ich Sie töten. Sie haben drei Minuten Zeit
eine Entscheidung zu treffen!“
Hagelstolz rannte schon hinüber zu den Gefangenen. Er hatte sofort geschaltet, was die Worte
bedeuteten. Er ging hinter Komodo in Deckung
und rief die anderen zu sich:
„In Deckung, los hinter die Gefangenen!“
Kaum hatte die Gruppe Deckung gesucht, als ein
enormes Ding durch die Hangartore brach und
alles, sich in seinem Weg befindliche, nieder-

walzte. Dann richteten sich die enorm großen Gatlingkanonen auf die Überlebenden.

Skyla düste immer noch kopflos Richtung Süden und hatte ihre Höchstgeschwindigkeit von Mach 0,95 drauf. Langsam klarte ihr Geist auf und sie beruhigte sich. Die Fähigkeit des analytischen Denkens kehrte zurück und ihr wurde bewusst, dass sich Komodo und Silas nach wie vor in der Gewalt der Feinde befanden. Die Tupolew drosselte das Tempo und drehte um, um zur Basis zurückzufliegen, dabei überlegte sie, wie sie ihre Männer am besten befreien konnte. Von Cosacks neuem Geniestreich, der die beiden und sie selbst retten sollte, ahnte sie noch nichts.
Es dauerte ziemlich lange, ehe erst einmal das bombardierte Schneefeld in Sichtweite kam. Skyla wunderte sich, gab es hier doch rein gar nichts, was es Wert war zerstört zu werden. Wahrscheinlich hatte der Doktor oder jemand anderes ihnen falsche Koordinaten übermittelt. Geschah ihnen recht. Für Millionen Dollar den Boden umgepflügt für nichts und wieder nichts. Man könnte höchstens Ackerbau betreiben und Eisblumen anpflanzen. Sie kicherte bei diesem Gedanken.
Allerdings kannte die Tupolew die Amerikaner gut genug und ihr war sonnenklar, dass sie es erneut versuchen würden. Ein Grund mehr, sich zu beeilen. Die Maschine erhöhte ihre Flugge-

schwindigkeit wieder, doch mit einmal erlitt sie
einen Schwächeanfall. Ihre Triebwerksleistung
ließ rasch nach. „Mist, was ist denn jetzt los?"
Gleichzeitig stellte sich ein heftiges Durstgefühl
ein und schlagartig erkannte sie den Ernst der
Lage. Ihr Treibstoff ging zur Neige. Offensichtlich hatte sie bei ihren heftigen Befreiungsversu-
chen mehr verbraucht, als sonst in gleicher Zeit
üblich.
Endlich kam die Mirny-Basis in Sicht, wo der
Sturm gerade nachließ. Skyla stieß durch die auf-
reißenden Wolken und bemerkte als erstes die
riesigen Kettenabdrücke, hatte jedoch keine Zeit,
um der Sache nachzugehen. Sie brauchte drin-
gend Kerosin.
Glück gehabt, das Tanklager stand noch und war
bei den Kämpfen unversehrt geblieben. Skyla
setzte zur Landung an und hielt schnurstracks auf
das Depot zu. Triebwerk Eins begann bereits zu
stottern und wenn jetzt feindliche Kräfte auftauchten, wäre sie ihnen hilflos ausgeliefert.
Die Tupolew rollte langsam auf die Anlage zu
und die bereits bekannte Tankdrohne kam herbei-
gefahren. „Gib mir schnell eine volle Ladung",
sagte Skyla zu dem Gerät. Dieses piepste zustimmend, rollte den Schlauch aus und schloss
ihn an der rechten Tragfläche an.
Skyla spürte den Treibstoff in ihren Leib fließen
und atmete hörbar auf. Dennoch blieb sie auf der
Hut und schaute sich immer wieder um, schließ-

lich war der Ort ihrer Gefangennahme und den damit verbundenen Leiden weniger als einen Kilometer entfernt.

Der Tankvorgang dauerte etwa fünfzehn Minuten, genug Zeit also, um über die Befreiung ihrer Kämpfer nachzudenken. Sicher werden sie nach wie vor im Hangar festgehalten. Hoffentlich hatte man sie noch nicht exekutiert, aber die Europäer waren damit nicht so schnell bei der Hand, wie die Amerikaner.

Als die Betankung fertig war, rollte die Drohne den Schlauch wieder ein und verschwand im Lager. Skyla startete ihre Triebwerke neu und rollte los in Richtung Hangar, dabei machte sie einen großen Bogen um die Stelle mit den Betonpollern.

Silas blickte dem riesigen Mech erstaunt entgegen. Der war gekommen, um sie zu retten, und jetzt waren es die WEI-Männer, denen der Arsch auf Grundeis ging. Selber schuld, was mussten sie auch Skyla quälen und seinen Onkel verletzen. Er fragte sich allerdings, wo die Tupolew gerade steckte und ob es ihr gutging.

Als die Soldaten und Kira sich hinter ihnen verschanzten, warf Silas hochmütig den Kopf nach oben. „Ihr habts verkackt, also gebt auf.“

„Noch nicht“, gab Rasmus zurück, im selben Moment erklang hinter ihm Turbinenlärm, gefolgt von einem Krachen. Die Tupolew war zu-

rück und hatte mit ihrer Nase die Hallenwand
eingedrückt. „Na sieh mal einer guck, wen haben
wir denn da? Wenn das nicht unsere Dramaqueen
ist", höhnte der Schwede.
„Hör auf, sie so zu nennen!", brüllte Silas vor
Wut und Rasmus wunderte sich einmal mehr,
wieso ein einfaches Aufklärungsflugzeug ein so
hohes Ansehen genoss. Aber darum konnte er
sich erst später kümmern, jetzt mussten sie sich
überlegen, wie sie auf das Ultimatum des Mechs
reagierten. Als Rasmus sich noch einmal umdreh-
te, war das Flugzeug verschwunden.
„Ihr habt verloren", wiederholte Silas noch einmal frohen Mutes. Skyla lebte und war putzmun-
ter, dessen konnte er sich nun sicher sein. Wenn
der Mech angriff, würde er mit seinem Onkel
durch das von der Tupolew geschlagene Loch
fliehen.
Skyla hatte zurückgesetzt, da sie mit einem Mal
Gefahr im Verzug spürte. Diese ging nicht von
den Soldaten aus, sondern ein leises Vibrieren lag
in der Luft. Schnell begab sie sich zur Rollbahn,
um zu starten. Das seltsame Gefühl wurde unterdessen stärker.
Als sie in der Luft war, bemerkte sie, dass sich
fünf Objekte der Basis näherten. Sie besaß ein
System, welches bei zu starker Annäherung anderer Flugzeuge warnte, um nicht mit ihnen zu kol-
lidieren und dieses funktionierte auch bei Tarn-
kappenbombern. Deren Radarquerschnitt war

zwar winzig klein, aber da hier sonst nichts her-
umflog, weder Insekten noch Vögel, nützte es
ihnen nichts.
Schon bald erkannte die Tupolew, was da über
dem Meer anrauschte. Fünf große Bombenflug-
zeuge, aufgereiht wie an einer Perlenschnur. Ihr
Ziel war eindeutig die Mirny-Basis und das musste sie unbedingt verhindern. Sie musste versuchen, sie vom Kurs abzubringen.

Hopkins und Goßberg lenkten Suicide Bomb
zielstrebig, als vor ihnen auf einmal ein anderes
Flugzeug auftauchte. Gleichzeitig sprang ihr Kol-
lisionswarnsystem mit einem schrillen Ton an.
„Ausweichen!", rief der Captain und die KI reagierte sofort. Skyla hing sich an den Bomber
dran, holte ihn spielend ein und plötzlich wurde
es dunkel in deren Cockpit. Die Tupolew war
länger als die Northrop, besaß aber eine geringere
Spannweite.
„Da ist das Ding wieder, es fliegt direkt über
uns!", schrie Goßberg. „Und wir haben keine
Abwehrwaffen, um es abzuschießen."
Plötzlich begann die KI von Suicide Bomb zu
plappern. „Hey, du da draußen, wer bist du
denn?"
Skyla war kurz verblüfft, entschloss sich aber, zu
antworten. "Folge mir, dann sag ichs dir."
So flogen die Bomber alle in einer Reihe hinter
der Tu-154M her. Hopkins wollte die Steuerung

übernehmen, was jedoch nicht mehr möglich war. "Verdammt, was geht hier vor sich?", fragte er sich.

„Katastrophales Steuerversagen, Sir", meldete Captain John Hopkins der Flugleitstelle auf der Hobart Airbase in Tasmanien. „Die KI hat das Steuer übernommen und wir haben keine Kontrolle mehr über das Flugzeug."
„Scheiße!", fluchte der Offizier am Funk. „Ich hole Ihnen den ranghöchsten Offizier der Wartungscrew an den Funk. Der weiß bestimmt Rat." Es herrschte Schweigen im Äther. Dann erklang auf einmal die Stimme von Walt Greenhouse, dem Chief Master Sergeant, dem die Wartungs- und Instandhaltungstruppe unterstand.
„Hier Chief Master Sergeant Greenhouse. Was ist das Problem, Sir?"
„Sergeant, die KI des Flugzeugs hat die Kontrolle über die Steuerung übernommen. Sie reagiert nicht mehr auf Eingaben. Das Fly-by-wire-System ist offline."
„Fuck!", war alles was dem Sergeant dazu einfiel.
„Danke, so weit waren wir auch schon", erklärte Hopkins mit einem trockenen Lächeln und einem ironischen Unterton in der Stimme.
„Gut, haben Sie schon versucht es aus- und wieder anzuschalten?", fragte der Techniker,
„Nein", antwortete Hopkins. „Das haben wir uns nicht getraut, wir wollen nämlich nicht abstürzen."

„Starten Sie separat das Fly-by-wire System neu
und danach rebooten Sie die Bord-KI, Sir.“
„Ok, aber ganz wohl ist mir dabei nicht“, erklärte
Hopkins. Dann drehte er sich zu First Lieutenant
Mary Goßberg um. „Nun machen Sie schon, Sie
haben den Techniker gehört. Neustarten“
Goßberg gab über die Eingabemaske den Neu-
startbefehl ein. Die Instrumente wurden dunkel,
die Holoschirme gingen offline. Dann rebooteten
die Systeme.
„Mist“, fluchte der frustrierte Captain, als sich
das Flugzeug immer noch nicht steuern ließ. „Ok,
jetzt die KI, wir machen einen Hard Reset. Strom
aus.“
Goßberg schlug auf den Schalter der die Bord-KI
mit Strom versorgte.

„Geben Sie auf!“, forderte die junge Frauenstimme. „Sie sind unterlegen.“ Der Snow Mech rollte
langsam über den Hangarboden auf die Gruppe
Überlebender und ihre Gefangenen zu. Er richtete
die Gatlingkanonen aus und feuerte. Panzerbrechende Urangeschosse perforierten die Hangarwand als der Mech dicht über sie hinwegschoss.
„Stop!“, schrie Kira und der Kugelstrom versieg-
te. „Können wir uns nicht auf ein Unentschieden
einigen? Wir müssen eh hier weg, bevor das
nächste Bombardement beginnt.“
„Mein Befehl lautet Komodo und Silas zu retten“,
erwiderte die Maschine.

„Genau. Und das wirst du nur können, wenn du uns alle rettest", Kira war stolz auf ihre Argumentation.
Der Snow Mech verstummte und hielt in seinen Bewegungen inne, als die KI das ganze durchrechnete und schließlich zu einem Ergebnis kam.
„Die momentane Situation ist mit fünfundneunzig prozentiger Wahrscheinlichkeit fatal für die gesamte Gruppe. Das ist nicht hinnehmbar", überlegte die KI.

General der Space Force, Nimiz war rechtzeitig zurück im Kontrollraum, um die finalen Befehle erteilen zu können.
„Gut, geben Sie mir die Satellitenbilder", befahl er und ein junger Offizier der Space Force rief die aktuellen Bilder des HOBS, des High Orbital Bombardement Systems auf. Er loggte die Koordinaten der Mirny-Basis ein und zoomte dann darauf. In der Vergrößerung war nun die Station der Rebellen in voller Größe zu sehen.
„Gut, feuern Sie", befahl Nimiz.
Im hohen Orbit der Erde kreiste der HOBS Satellit um den Planeten. Nachdem Koordinaten und Feuerbefehl eingegangen waren, öffneten sich die zwanzig Magnetwerfer, die mittlerweile nachgeladen hatten und zwanzig Wolfram-Carbid-Uran-Pfähle von zehn Metern Länge und zwanzig Zentimetern Durchmesser wurden ausgeworfen. Mit zunehmend schnellerer Geschwindigkeit, durch

120

die Erdanziehungskraft beschleunigt, rasten die zerstörerischen Waffen auf die Oberfläche der Erde zu.

Mary Goßberg hatte die Bord- KI neu gestartet, als ihr etwas auffiel.

„Sir, sollten wir nicht ein Flugzeug vernichten? Ich meine mich da in der Besprechung an etwas zu erinnern?", fragte sie.

„Fuck, Sie haben recht. Die Maschine da vorne ist die fliegende Drogenküche der Rebellen", Hopkins überlegte. „Wir haben keine Waffen, nur die aktive Raketenabwehr. Aber die umzuprogrammieren dürfte uns schwerfallen."

In diesem Moment aktivierte sich Suicide Bomb wieder: „Hallöchen Leute, was ist denn nur los mit euch. Sitzt euch ein Furz quer? Hier sind zehn, garantiert erfolgreiche Rezepte für Essen gegen Darmbeschwerden. Rezept Nummer eins besteht aus Sauerkraut, geriebenen Apfel und …"

„Sie ist wieder da", lächelte Hopkins erleichtert.

„Ich war nie weg, Sir", erwiderte die KI. „Leider muss ich Ihnen mitteilen, dass wir weiterhin diesem Flugzeug da vorne folgen werden. Sie ist einfach so charmant. Ich kann ihr einfach keinen Wunsch abschlagen."

„Och nö", schmollte Goßberg. „Das ist doch scheiße."

Der Snow Mech ging in die Knie und eine Luke

an der Seite der Pilotenkanzel öffnete sich.

„Los steigen Sie ein. Wir müssen hier weg, bevor das nächste Bombardement uns alle vernichtet“, befahl die junge Frauenstimme.

Hagelstolz und Siebeck führten die Gefangenen zusammen mit den anderen zum Snow Mech hin. Sie erkletterten die riesige Schneekette, auf welcher die Maschine fuhr und betraten die Kanzel. Es war eng für sieben Leute, doch schließlich hatten alle darin Platz gefunden.

Dann fiel Hagelstolz etwas ein.

„Ich muss nochmal raus. Wartet solange, ich muss noch Medikamente und Material für Komodo hier holen. Sonst überlebt er nicht lange.“

„Aber beeil dich bitte“, bat Kira ihn.

„Natürlich, ich bin schnell wie der Wind“, erwidere Hagelstolz und lächelte sie an.

Der Snow Mech und die Insassen warteten auf Hagelstolz.

Zur gleichen Zeit bohrten sich zwanzig HOBS-Pfähle durch die Atmosphäre. Der Luftwiderstand ließ die Projektile rot aufglühen, als sie in immer dichtere Luftschichten vorstießen. Unbarmherzig und unabänderlich rasten sie auf den Boden der Antarktis zu. Wenige kostbare Sekunden blieben noch.